그리워하기 좋은

거리

박나경
지음

그리워하기 좋은

거리

s o n n e t
소네트

들어가는 말 • 8

그림과 글

미국 현대미술을 대표하는 화가들 가운데 한 명인 조지아 오키프는 꽃잎이나 꽃술을 크게 확대해 화폭 가득 채워 넣은 그림으로 유명합니다. 사람들이 오키프의 꽃 그림을 보고 '왜 저렇게 꽃을 크게 그렸습니까?'라고 물으면 오키프는 이렇게 대답했다고 해요.

"사람들은 참 이상합니다. 풍경화를 보면서 저렇게 너른 풍경을 왜 이렇게 작게 그렸는지 묻는 사람은 아무도 없습니다. 그런데 내게는 왜 꽃을 크게 그렸는지 꼭 묻는군요."

아무도 하지 않는 일을 하는 데 주저하지 않던 오키프의 당당함에 기대 2004년 봄, 그림 이야기들을 전파에 태워 보내기 시작했습니다. KBS 클래식FM 〈당신의 밤과 음악〉의 '그림 같은 세상'이라는 코너에서 소개한 거지요. TV가 아닌 라디오로 그림 이야기를 한다는 게, 그림에 얽힌 에피소드나 배경이 아닌 혼자만의 감상을 고백처럼 펼쳐 놓는다는 게 누가 봐도 이상했지만, 그 고요한 산책길을 함께해준 이들이 많아 행복했습니다. 때론 그림과 마주 앉아 그림이 해주는 이야기에 귀 기울이고, 때론 그림 그리는 화가 옆에 나란히 서서 그 풍경을 바라보는가 하면, 스스로 그림 속 인물이 되어 수줍게 마음을 털어놓기도 한 시간이었습니다.

이제 방송에서 소개된 글과 그림 가운데 118점을 골라 책으로 묶습니다. 누구나의 기억에 남아있는 명화들, 또 혼자 알고 싶은 화가들의 그림도 마음속에 뚝딱뚝딱 지은 미술관에 걸고 당신을 기다립니다. 19세기의 프랑스 소설가 스탕달은 연애를 '아름다운 오해'라고 표현했다지요? 그림마다 남은 제 연애의 흔적 위로 당신의 오해들이 겹겹이 쌓이기를 바랍니다.

2017년 9월, 박나경

가을 해질녘

Henri Eugene Augustin Le Sidaner
〈Autumn Twilight〉, 1920년 경
Oil on Canvas

앙리 르 시다네르(1862~1939)

프랑스령 모리셔스에서 태어나 에꼴 데 보자르의 알렉상드르 카바넬에게 최고의 화가로
인정받았으나, 점차 예술적 관점이 벌어져 두 사람은 끝내 결별하고 맙니다. 런던·뉴
욕·베니스·파리 같은 도시들은 물론 유럽 전역의 작은 마을들까지 여행한 후 프랑스에
서 가장 아름다운 소도시로 꼽히는 '장미의 도시' 제르베로이에 정착했습니다. 그곳에서
작품 활동을 하며 안개에 싸인 듯한 정원과 집 주변 풍경, 실내의 탁자, 정물들을 주로
그렸습니다.

저물어가는 햇살이 아쉬워
한 줌 그 붉은 기운을 움켜쥡니다.
스러져가는 온기가 그리워
따스한 기운을 힘껏 들이마십니다.
정원 구석구석 어둠이 스며들고
빛은 한 줌 내 손 안에 모여듭니다.

어둠의 장막이 내린 집안.
그 방 한 켠에서
꼬옥 쥐고 있던 주먹을
조심스레 폅니다.
그 안에 가둬뒀던 햇살을
방 안 가득 펼쳐 놓습니다.
햇살은 방 안을 붉게 물들이며 퍼지고
내 숨결 안에 재워놓은 온기도 스르르 빠져나와
차갑던 공기를 데워줍니다.

그 남은 햇살,
소중한 한 줌의 햇살 안에 동그마니 앉아
나는 당신을 기다립니다.
저 어둠 속에서
이 햇살을 향해 한 걸음씩 다가올 당신,
당신의 코트 자락에 묻어 올
가을 향기를 떠올리며
이렇게 당신을 기다리고 있습니다.

강기슭의 바위들

George Benjamin Luks
〈Boulders on a Riverbank〉, 1919
38.1×48.26cm
Watercolor

조지 럭스(1867~1933)

뉴욕 리얼리스트라 불리는 화가들 가운데 한 명으로, 펜실베니아주 윌리엄즈포트에서 태어나 펜실베니아 미술 아카데미와 독일 뒤셀도르프에서 공부했습니다. 유럽 여러 곳을 여행한 후 1894년 미국으로 돌아와 삽화가로 활동하다 2년 뒤 뉴욕에 정착, 8인회에 합류했으며 아츠 스튜던츠 리그에서 학생들을 가르쳤습니다. 사실적이고 활기찬 뉴욕 풍경과 캐리커처에 가까운 생기 넘치는 초상화로 유명합니다.

나는 강에서 태어났습니다.
흐르는 강물 소리를
자장가 삼아 들으며
하루하루를 보냈습니다.
강물은 내 모난 성격을 둥글려 주었고,
비바람이 부는 날이면
나를 그 품에 안아 보호해줬습니다.

가파르게 흘러가는
바쁜 날에도
나를 지키기 위해
물결 잔잔한 곳에 나를 옮겨 두고,
오가며 부드러운 손길로
나를 쓰다듬어줍니다.
고요한 이른 아침,
햇살에 반짝이는 풍경을
내게 보여주고,
홀로 외롭지 않게
색색의 단풍잎을 띄워줍니다.

나는 강에서 태어났습니다.
귓가에 들리는 강물 소리에 장단 맞추고
느릿느릿 흘러가는 강물을 향해
오래오래 손을 흔듭니다.
나는 강물의 일부가 되어
느린 시간의 흐름을 내 몸에 새깁니다.

따뜻한 오후

Guy Orlando Rose
〈Warm Afternoon〉, 1910년 경
73.66×60.96cm
Oil on Canvas

가이 로즈(1867~1925)

미국 캘리포니아에서 널리 알려진 인상파 화가들 중 한 명으로, 로스앤젤레스 교외 산 가브리엘에서 태어났습니다. 아홉 살에 사냥터에서 총상을 입고 회복하는 동안 그림을 그리기 시작했습니다. 1884년 샌프란시스코 미술학교를 졸업한 후 파리 줄리앙 아카데미에서 3년간 수학, 귀국해 삽화가로 일하다 아내와 다시 프랑스로 가 지베르니에서 모네와 가깝게 지냈고 돌아와서는 파사데나 스틱니 미술학교에서 교편을 잡았습니다.

그래요, 당신, 와주었군요.
따스하게 스미는 온기로,
당신이 와주었다는 걸 알았습니다.
수런대던 이파리들도 잠잠해지고
멀리서 재잘대던 냇물 소리도 잦아들던 한 순간,
당신이 온 것을 확인하려 숨죽였던 숲 속에
다시 활기가 넘치기 시작합니다.

이 순간을 기다렸다는 듯
세상 가장 밝은 빛깔로 손을 흔들고
세상 가장 밝은 목소리로 노래하는 숲 속에서,
나는 당신을 만난 기쁨에
아무 소리 내지 못한 채
그저 바라만 봅니다.
당신이 그려내는
아름다운 가을 숲의 오후를
나는 가만히 바라만 봅니다.

숨을 깊이 들이쉬며
당신을 느끼고,
양 어깨에 내려앉는 따스한 햇살을
그저 가만히 누릴 뿐입니다.
온몸 가득 이 오후의 시간들이 스며들도록
깊은 밤에도 햇살의 냄새를 맡을 수 있도록
볕 잘 드는 그루터기에 앉아
당신 안에 나를 버려둡니다.

계단의 아이

Henri Lebasque
〈Child on the Stairs〉
Oil on Canvas

앙리 르바스크(1865~1937)

프랑스 샹피뉴에서 태어나 앙제의 에꼴 데 보자르에서 공부하다 파리로 옮겨 나비파의 창시자인 레옹 보나 아래에서 판테온 장식에 참여하는 등 화가로서의 본격적인 활동을 시작했습니다. 파리 생활을 함께한 카미유 피사로에게 많은 영향을 받았고 마티스와 가을전시회인 '살롱 도톤'을 만들어 작품을 발표했습니다. 단순하면서도 명쾌한 빛이 가득한 풍경을 즐겨 그려 평론가와 동료 화가들로부터 '기쁨과 빛의 화가'로 불렸습니다.

빙 빙 빙 빙 시간이 흘러갑니다.
가만히 벽을 짚은 채
계단을 오르내리는 소년의 손끝에서
외로움이 묻어납니다.
작고 여린 소년의 몸집만큼이나
작게 웅크린 소년의 그림자가
말없이 소년을 따를 뿐입니다.

빙 빙 빙 빙 외로움이 흘러갑니다.
온 집안에 흐르는 정적 속에서
소년의 작은 발자국 소리가
시계추처럼 또각거립니다.
시간이 흐르듯
외로움도 흘러가리라는,
조금만 더 버티면
누군가 다가와 손을 잡아 주리라는,
그 기다림을 소년은 포기하지 않습니다.

어느새 계단 깊숙이 들이비치는 햇살이
그런 소년의 외로움을 따스하게 비쳐줍니다.
소년의 기다림이 길게 느껴지지 않도록,
소년의 외로움이 그리 서글프지 않도록,
스치듯 가벼운 손길로
소년의 작은 두 어깨를
가만히 감싸 안아줍니다.

달빛 아래의 옥상

Henri Eugene Augustin Le Sidaner
〈Rooftops in Moonlight〉, 1910
65×81cm
Oil on Canvas

앙리 르 시다네르(1862~1939)

프랑스령 모리셔스에서 태어나 에꼴 데 보자르의 알렉상드르 카바넬에게 최고의 화가로
인정받았으나, 점차 예술적 관점이 벌어져 두 사람은 끝내 결별하고 맙니다. 런던·뉴
욕·베니스·파리 같은 도시들은 물론 유럽 전역의 작은 마을들까지 여행한 후 프랑스에
서 가장 아름다운 소도시로 꼽히는 '장미의 도시' 제르베로이에 정착했습니다. 그곳에서
작품 활동을 하며 안개에 싸인 듯한 정원과 집 주변 풍경, 실내의 탁자, 정물들을 주로
그렸습니다.

그대 오시길 기다렸습니다.
그대 손길 닿으면 피어나는 꽃송이처럼
깊은 밤, 당신이 펼쳐 보이는 세상.
무심한 듯 그려내는 밤의 정경 속에서
드러나지 않는, 작은 위로를 받고 싶었습니다.

그대 오시길 기다렸습니다.
제 몸을 불태울 정도의 무모한 열정이 아니라
당신 안에 품고 있는 냉정한 열정.
제가 가진 아름다움마저 가리는 화려함이 아니라
눈이 부시지 않은 정도의 빛으로
세상을 밝히는 현명함을 배우고 싶었습니다.

은은한 달빛 아래,
밤의 장막이 다정하게 어깨를 감싸 안으면
어린 시절 느꼈던 안락함으로
조금씩 빠져들기 시작합니다.
그대에게 조금 더 가까이 가고 싶어
한 계단 한 계단 걸음을 옮기고,
당신이 세상에 뿌려놓는 이야기들에
귀 기울이며 가만히 숨죽입니다.
달빛에 푸른 이파리들이 빛나고
알알이 박힌 보석처럼 그대 창가 빛날 때,
똑똑똑 창을 두드리는 달빛을 향해 문을 활짝 열고
밤의 이야기에 귀를 기울입니다.

항아리가 있는
프라데의 오솔길

Henri Lebasque
⟨The Alley of Jars at Pradet⟩
Oil on Canvas

앙리 르바스크 (1862~1939)

프랑스 샹피뉴에서 태어나 앙제의 에꼴 데 보자르에서 공부하다 파리로 옮겨 나비파의 창시자인 레옹 보나 아래에서 판테온 장식에 참여하는 등 화가로서의 본격적인 활동을 시작했습니다. 파리 생활을 함께한 카미유 피사로에게 많은 영향을 받았고 마티스와 가을전시회인 '살롱 도톤'을 만들어 작품을 발표했습니다. 단순하면서도 명쾌한 빛이 가득한 풍경을 즐겨 그려 평론가와 동료 화가들로부터 '기쁨과 빛의 화가'로 불렸습니다.

오늘도 그 곁에 한참을 서 있습니다.
한 걸음, 그 길 위로 발을 딛지 못한 채
그저 숲 사이로 난 오솔길을
안타까이 바라볼 뿐입니다.
그 마음을 아는 듯
길 어귀에 서서 바람에 윙윙대는 항아리처럼
무연히 햇살만 받고 돌아옵니다.

해가 뜨면 나는 다시 그곳에 서서
바람이 전해올 이야기들에 귀 기울입니다.
부스럭대는 이파리 소리가 커지면,
공연히 마음이 부풀어 오릅니다.
내 마음을 아는 듯
한껏 제 몸을 부풀린 항아리에 기대어
저 먼 하늘의 구름만 바라봅니다.

해질녘 햇살마저 시무룩해지면
땅 위에 늘어지는 두 개의 그림자.
그중 가늘고 긴 그림자 하나
천천히 멀어져갑니다.
오솔길도, 항아리도, 그리움도 남겨둔 채
단 한 번 뒤돌아보는 일 없이 멀어져갑니다.
다시 해가 떠오를 때까지
그렇게 영영 멀어져갈 나는
그림자 속에 마음을 감춘 채 돌아옵니다.

모두가 열망하는 컵

John Frederick Peto
〈The Cup We All Race 4〉, 1900년 경
64.77×54.61cm
Oil on Canvas

존 F. 피토(1854~1907)

미국 필라델피아에서 태어나 펜실베니아 미술 아카데미에서 공부한 후 30대 중반까지 필라델피아 아카데미의 연례전시회에 참여했고 이후 뉴저지 아일랜드 하이츠의 리조트 타운으로 이사, 남은 삶 동안 작업합니다. 생전 단 한 번도 갤러리에서 전시회를 갖지 못한 채 관광객들을 상대로 작품을 판매하여 가계에 보탰으며, 실물로 착각할 정도의 세밀한 그림들로, 훗날 트롱프뢰유 화가들에게 가치를 인정받아 세상에 알려졌습니다.

언제든 오세요.
당신을 위해 늘 비워두겠습니다.
우리 곁을 떠도는 달콤한 기운을
가득 담아 선물할 수 있도록
당신 안에 차오른 슬픔을 덜어낼 수 있도록
언제나 비워두겠습니다.

사람들은 때로 더 많은 것을 바랍니다.
저마다 자기가 원하는 것이
가득차 있으리라 믿습니다.
아무 것도 차 있지 않은 텅 빈 모습에 실망하고
가끔은 화를 내는 사람도 있습니다.
저절로 차오르는 게 아니라
누군가 채워주는 게 아니라
제 스스로 채워가야 한다는 것을
이해하지 못하는 사람들입니다.

자신을 위해 준비되어 있는 이 기회를
기쁘게 받아들이는 이는 당신뿐입니다.
비어있음을 알면서도 달려오는 이는 당신뿐입니다.
제 안의 감정들을 비워낼 줄 아는 이,
스쳐가는 순간들로 채울 줄 아는 이,
그렇게 삶의 균형으로 내일의 문을 두드릴 줄 아는 이는
오직 당신뿐입니다.

양산을 든 여인

Jules Pascin
⟨Woman with a Parasol⟩
Oil on Canvas

쥘 파스킨(1885~1930)

옅은 색조와 독특한 소묘로 애수와 퇴폐 가득한 인물화를 즐겨 그린 표현주의 화가입니다. 불가리아 북서부의 항구도시 비딘에서 태어나 독일 뮌헨에서 회화를 공부한 후 프랑스 파리로 건너가 1920년대 파리 이방인 예술가들의 살롱에서 위트 있는 언변과 행동으로 '몽파르나스의 왕자'로 불리며 인기를 누립니다. 하지만 개인전을 여는 날 아침 아파트에서 목숨을 끊었으며, 그의 장례행렬에는 검은 예복을 입은 수많은 술집 바텐더들이 뒤따라 눈길을 모았습니다.

나를 감출 수 있을까요,
내 마음을 숨길 수 있을까요,
아무 말 듣지 못했지만,
아무 약속도 하지 않았지만,
달라진 방안의 공기가
흐트러진 내 마음 같습니다.

방을 나서려다가
다시 자리에 앉습니다.
내게 가장 필요한 건
바로 이런 시간일 것 같아서요.
내가 나에게 허락하는 시간,
내가 나를 들여다볼 수 있는 시간,
다른 사람들의 말일랑 잠시 밀어내고
오롯이 나 혼자만 마주한 시간….

흔들리지 말자고, 나는 마음먹습니다.
내 마음이 변치 않았으니 괜찮은 거라고,
나를 잃어버리지 않았으면
그걸로 된 거라고,
토닥토닥 내 마음을 달래보지만
방안 깊숙이 파고드는 햇살 한 줄기에
내 마음을 들켜버린 것 같아
그대에게 받은 파라솔을
가만히 펼쳐듭니다.

분홍빛 구름과
노란 아이리스

Claude Oscar Monet
〈Yellow Irises with Pink Cloud〉, 1914~1917
100.4×100.4cm
Oil on Canvas

클로드 모네(1840~1926)

프랑스 파리에서 태어나 항구도시 르아브르에서 자랐으며 그곳에서 기초 화법을 배운
뒤 열아홉 살에 파리로 건너가 여러 화가와 사귀며 공부를 계속했습니다. 1870년 보불
전쟁 때 런던으로 피신하여 영국 풍경화파의 작품들을 접했고 귀국 후 파리 근교 아르
장퇴유에 살면서 인상주의 양식을 만들어나갔습니다. 이후 지베르니로 옮기고서는 연
못에 떠 있는 연꽃을 그리는 데 몰두했습니다.

오랫동안 기다렸습니다.
하루, 하루만 더
금방이라도 터질 것 같았지만
터지지 않는 꽃봉오리를
하루, 하루 더 기다렸습니다.
태양처럼 빛나는 그 꽃을 기다린 건
나뿐만이 아니었습니다.
파란 배경의 하늘과 그 위를 오가는 구름까지
하루, 하루 더 그 꽃을 기다렸습니다.

그리고 그 순간,
웬일인지 하늘빛조차 달라 보이고
멀리 떠가는 흰 구름이 홍조를 띤 순간,
조심스레 꽃잎이 피어올랐습니다.
태양빛을 닮은 짙은 노란 빛깔의 아이리스가
자신을 기다려온 세상을 향해
무심한 듯 화려하게 피어났습니다.

아무리 재촉을 해도
아무리 조바심을 내도 소용이 없음을,
하늘과 구름과 바람이
부서질 것처럼 잘 메마른 공기와 촉촉하고 부드러운 흙이
그 모든 순간이 하나가 되는 순간,
바로 그런 순간이 올 때가 있음을,
바로 그런 순간이 제대로 된 때임을,
노란 빛깔의 아이리스 꽃송이들은 바람에 하늘거리며
말없이 그 순간을 펼쳐 보입니다.

아바나 대성당

Willard Leroy Metcalf
⟨Havana Cathedral⟩, 1902
64.04×73.66cm
Oil on Cardboard

윌러드 멧칼프(1858~1925)

미국 매사추세츠주 로웰에서 태어나 장학금을 받으며 매사추세츠 미술학교를 다녔고
파리 줄리앙 아카데미에서 공부했습니다. 유럽과 아프리카 여러 나라를 여행하면서 미
국화가들 가운데 처음으로 프랑스 지베르니를 방문했으며 미국으로 돌아와 미국 인상
주의 화가들의 모임인 10인회를 만들었습니다. 주로 풍경화를 그렸으며 미국 수채화협
회 일원으로 활동했고 여러 대학에서 학생들을 가르쳤습니다.

아무 소리도 들리지 않습니다.
새파란 하늘과 하얀 구름, 눈부신 햇살….
그 아래 너무나 선명하기만 한 풍경들이
눈을 아프게 합니다.

입 벌려 큰 소리로 외쳐보지만
내 마음은 소리가 되어 나오지 않습니다.
설명할 수 없는 아름다운 풍경을 마주하고
소리 나지 않는 고함을 질러볼 뿐입니다.

아무도 바라보지 않고
아무도 귀 기울이지 않는
하찮은 나의 존재를
그 환한 햇살 아래 드러내고 서 있습니다.

당신의 부재…
그 사실이 이렇게 선명하게 다가올 줄은,
당신을 잡지 못했다는 후회가
이렇게 내 삶을 뒤흔들 줄은 몰랐습니다.

이제 내게는 아무 소리도 들리지 않습니다.
이제 내게는 아무 것도 보이지 않습니다.
어디로 가야할 지 길조차 잃은 채,
뜨거운 햇살을 피하지도 못한 채,
나는 그만 울고 싶어집니다.

사랑의 매복

William Henry Lippincott
〈Love's Ambush〉, 1890
73.66×110.49cm
Oil on Canvas

윌리엄 리핀콧(1849~1920)

미국 필라델피아에서 태어나 펜실베니아 미술 아카데미에서 정식으로 그림공부를 시작
해 삽화가·풍경화가로서의 실력을 쌓았습니다. 1874년에 파리로 건너가 프랑스 예술
가 협회에서 그림 공부를 계속하며 파리에 있던 미국 화가들과 함께 전시회를 여는 등
활동하다가 1882년 미국으로 돌아왔습니다. 뉴욕 브로드웨이에 정착, 작업실을 열고
초상화와 풍경화 등 다양한 작업을 했으며 국립 디자인 아카데미의 교수가 되어 학생들
을 가르쳤습니다.

사랑일까요?
나도 모르는 사이
내 마음에서 자라난 이 감정은 사랑일까요?
생각지도 못한 어느 순간
불쑥 나타난 이 마음을 앞에 두고
한참이나 고민에 빠져야 했습니다.
대체 어디서부터 시작된 것일까, 하고.
언제 어디서부터 시작되었기에
그 사이 이렇게 커다란 몸집이 되어
내게 나타난 걸까, 하고 말입니다.

어쩌면 그저 감추고만 싶었던 건지도 모르지요.
조금은 짐작을 하면서도
일부러 모르는 척 고개를 돌려왔는지도 모르지요.
사랑이라는 그 낯선 감정이 두려워서
아닐 거라고, 나는 몰랐다고
발뺌을 하고 있었는지도 모릅니다.

언제 시작됐든, 어디에 감춰졌든
이제는 숨기려 해야 숨길 수가 없게 됐습니다.
당신이 그 길을 찾아와 주기를
당신이 그 마음을 바라봐주기를
당신의 마음 또한 나와 같기를 바랄 뿐입니다.

눈에 보이지 않는 어딘가에서 훌쩍 커버린 사랑,
그 사랑과 마주치고 말았습니다.

마른 강의 보트

Henri Lebasque
⟨Boat on the Marne⟩, 1905
65.2×92cm
Oil on Canvas

앙리 르바스크(1865~1937)

프랑스 샹피뉴에서 태어나 앙제의 에꼴 데 보자르에서 공부하다 파리로 옮겨 나비파의 창시자인 레옹 보나 아래에서 판테온 장식에 참여하는 등 화가로서의 본격적인 활동을 시작했습니다. 파리 생활을 함께한 카미유 피사로에게 많은 영향을 받았고 마티스와 가을전시회인 '살롱 도톤'을 만들어 작품을 발표했습니다. 단순하면서도 명쾌한 빛이 가득한 풍경을 즐겨 그려 평론가와 동료 화가들로부터 '기쁨과 빛의 화가'로 불렸습니다.

조금씩 멀어져갑니다.
내 유년의 추억들을 남겨두고 갑니다.
내가 마주하게 될 세상 속에서
그 아름다운 시절이 다칠까봐
옛 오두막 안에 고이 남겨두고 갑니다.

힘들 때마다 그 추억이 그리울지도 모릅니다.
가끔씩 쓰다듬을 수 있도록
곁에 두고 싶어질지도 모릅니다.
이렇게 멀리 두고 떠나온 것을 후회할지도 모릅니다.
그럴 때면, 바로 이 날을 떠올리겠습니다.
뱃가에 찰랑이던 물소리와
햇빛을 받아 비늘처럼 반짝이던 물살,
그리고 아무 말 없이
노를 저어 나를 배웅하던 당신을 떠올리겠습니다.
흔들리는 물결을 타던 배처럼
그렇게 세상의 흐름 속에 조금씩
흔들리는 중일 뿐이라고 나를 타이르겠습니다.

영영이라고는 말하지 않겠습니다.
언젠가는 다시 돌아오리라고 생각합니다.
옛 추억을 만나러 다시 이 물길을 거슬러 오는 길은
또 얼마나 따스할까요.
그래요, 돌아오겠습니다.
오늘처럼 햇살 좋은 봄날,
그 봄날을 닮은 내 유년을 찾아 다시 돌아오겠습니다.

메디슨 스퀘어

George Benjamin Luks
〈Madison Square〉
81.28×111.76cm
Oil on Panel

조지 럭스(1867~1933)

뉴욕 리얼리스트라 불리는 화가들 가운데 한 명으로, 펜실베니아주 윌리엄즈포트에서 태어나 펜실베니아 미술 아카데미와 독일 뒤셀도르프에서 공부했습니다. 유럽 여러 곳을 여행한 후 1894년 미국으로 돌아와 삽화가로 활동하다 2년 뒤 뉴욕에 정착, 8인회에 합류했으며 아츠 스튜던츠 리그에서 학생들을 가르쳤습니다. 사실적이고 활기찬 뉴욕 풍경과 캐리커처에 가까운 생기 넘치는 초상화로 유명합니다.

모두가 사라져갑니다.
하염없이 흘러내리는 빗물에
풍경조차 씻겨가 버립니다.
사람들의 발길이 드물어진 자리에
푸른 어둠이 내리기 시작합니다.

아무 데도 갈 수가 없습니다.
조금도 움직일 수가 없습니다.
텅 비어버린 풍경만 남겨두고 떠날 수 없어
빗물에 발을 담근 채
오랫동안 한 자리에 멈춰 서 있습니다.

푸른 어둠 속에 빛나는 불빛이
밤하늘의 별처럼 멀게만 느껴집니다.
인적 끊어진 거리에
빗소리만 가득하고,
빗물에 푸른 잉크 풀린 듯
사위가 온통 어두워져 갑니다.

쓸쓸한 사람들의 마음에 스며든 푸른 멍처럼
편안함에 깃들지 못한 사람들의 아우성처럼
온통 푸르게, 푸르게만 변해가는
저 풍경이 안쓰러워
그 무엇도 할 수 없는 나는
그저 눈길만을 그 위에 던져둘 뿐입니다.

저녁별

Lovell Birge Harrison
⟨The Evening Star⟩
20.32×25.4cm
Oil on Canvasboard

L. 버지 해리슨 (1854~1929)

미국의 장르화가이자 풍경화가로, 필라델피아에서 태어나 파리 에꼴 데 보자르에서 공부했습니다. 스물일곱 살이던 1881년 파리 살롱에서 전시회를 열었고 이듬해 살롱전에 출품한 작품을 프랑스 정부가 구입해 화제가 됐습니다. 이후 호주·남태평양·뉴멕시코 지역을 여행하며 그림과 스케치 작업을 했습니다. 망막의 색 인식에 관심을 갖고 색조의 조화를 연구했으며 학생들에게 기교보다는 야외에서의 관찰을 강조했습니다.

조금 앞서 간다는 것은 외로운 일입니다.
아직 아무도 가지 않은 길에
홀로 나선다는 것은 쓸쓸한 일입니다.
인적이 드문 호젓한 산길에서는
그저 저 멀리,
앞서 가는 이의 뒷모습만 보여도
마음이 따뜻해지는 까닭입니다.
아무리 주위를 둘러봐도
걸음을 천천히 옮겨 봐도
만날 이가 아무도 없다는 것은
그래서 조금 마음이 시린 일이기도 합니다.

그럴 때면 가만히 내 안을 들여다봅니다.
내 안에 비친 나의 이름을 가만히 불러보기도 합니다.
그렇게 내 안의 나와 동무가 되어
외로운 걸음을 옮겨봅니다.
그렇게 스스로 내 앞길을 밝히면서
어둠을 밀어내기도 합니다.
누군가는 이 외로움을 겪지 않아도 되겠구나, 생각합니다.
누군가는 이 어둠 속을 헤매지 않아도 되겠구나, 생각합니다.
또 길 위에서 외롭던 누군가는
저 멀리, 아스라이 바라보이는 내 뒷모습에서
따뜻한 기운을 얻을 수도 있겠구나, 생각합니다.

때 이른 밤하늘에 떠 있는 저녁별.
그 별이 외롭지 않았으면, 바라는 까닭입니다.

바느질하는 소녀

Charles Webster Hawthorne
〈Girl Sewing〉, 1923년 경
74.93×76.2cm
Oil on Canvas

찰스 W. 호손(1872~1930)

미국 일리노이주 로디에서 태어나 열여덟 살에 뉴욕으로 가서 스테인드글라스 공장 사무보조원으로 일하며 학교에 다녔고, 스승인 인상주의 화가 윌리엄 체이스에게서 색조를 중시하는 뮌헨의 전통을 이어받았습니다. 유화의 특징을 잘 이해했고 풍부한 색채감각을 지녀 초상화가이자 장르화가로 인정받았으며 케이프 코드 미술학교를 설립, 그림 그리는 기술이 아닌 이상을 심어주는 교육을 실천했습니다.

여기저기 흩어졌던 시간들을
이제야 한 자리에 모읍니다.
의미 없이 떠돌던 한 마디 한 마디가
이제야 제 자리를 찾기 시작합니다.
그저 하나의 소리,
그저 하나의 몸짓,
그저 짧은 한 순간이던 기억들이
이제야 제 모습을 갖춰 이야기를 들려줍니다.

방 안에는 고요만이 흐르고
나는 오로지 그 이야기에 귀를 기울입니다.
아무 것도 모른 채
산산이 부서진 내 마음이 돌아와
이리저리 방황하던 나를 차분하게 가라앉힙니다.
어제, 오늘, 그리고 내일….
순서를 잃고 허공을 맴돌던 시간들을
차례로 꿰어 맞추고 나니
전에는 보이지 않던 새로운 풍경이 펼쳐집니다.

아무런 소리도 들리지 않는 정적,
그 고요 속에서 새로운 세상이 탄생합니다.
아무 일 없던 것처럼
모든 것을 처음으로 되돌리는 순수의 시간 안에서
뿔뿔이 흩어진 조각들을 이어
바라던 이야기를 만들어냅니다.

새장

Frederick Carl Frieseke
〈The Birdcage〉, 1910년 경
78.74×78.74cm
Oil on Canvas

프레드릭 프리스크(1874~1939)

미국 미시간주의 오위소에서 태어난 인상주의 화가로, 할아버지는 독일에서 온 이민자였습니다. 시카고 미술학교와 뉴욕시 학생미술학교에서 미술수업을 받았고 르누아르에게서 많은 영향을 받아 풍경화보다 여성의 초상을 자주 그렸으며 데뷔 초기부터 국제적인 미술상을 수상, 명성을 얻었습니다. 1906년부터 1919년까지 모네가 살던 지베르니에서, 그 후에는 노르망디에서 사는 등 생의 대부분을 프랑스에서 지냈습니다.

내 곁에 남아줘서 고마워요.
찬란한 봄 햇살을 느끼게 해줘서 고마워요.
무채색으로 얼어붙은 지난 시간 속에서
살아있음의 아름다움을 보여줘서 고마워요.
비록 내게 허락된 것은 손바닥만 한 자유뿐이지만
화려한 날갯짓으로 세상을 꿈꿀 수 있었습니다.

그때 우리가 함께 그린 봄이네요.
온 세상이 소리 높여 노래하는 봄이네요.
세상에 아름답지 않은 것 하나 없는,
내 것이라 맡아놓을 수도,
맡는 것이 아무 의미도 없는 그런 봄이네요.
누구나 꿈꿀 수 있고 누구나 날아오를 수 있는 그런 봄이네요.

하지만 이제 이별해야 할 때가 온 걸까요.
저 너른 세상으로 떠나야 할 때가 온 걸까요.
내게만 허락됐던 지난 겨울의 소중한 꿈을
떠나보내야 하는 걸까요.
찬란한 봄 풍경 안에 숨어버리면
다시는 찾을 수 없을 것 같은데,
그 화려한 날갯짓을 다신 볼 수 없을 것 같은데….
여기가 아닌 바로 거기에 있기 위해
이젠 마음을 단단히 먹어야 하나 봅니다.
자, 이제 가세요. 내가 찾을 수 없는 저 먼 곳으로.
눈이 부셔 내가 아무 것도 보지 못하는 동안.

우리의 죄를 용서해주세요

William Henry Gore R.B.A.
⟨Forgive Us Our Trespasses⟩
91.4×24cm
Oil on Canvas

윌리엄 헨리 고어(1857~1942)

영국 빅토리아 시대에 활동한 화가로, 어려서 아버지를 여의고 빈민구제법의 지원을 받아 생활했으며 국가적인 규모의 미술대회에서 입상함으로써 1880년 로열 아카데미에 입학했습니다. 1882년에는 아이와 동물이 함께 어울린 그림과 시골 풍경을 그린 그림 등 약 30점이 로열 아카데미에서 전시되었는데 큰 인기를 끌어 작품이 모두 팔린 것은 물론 인쇄물로 만들어져 널리 퍼졌습니다. 작품수는 많지 않지만 오늘날에도 여전히 큰 사랑을 받고 있습니다.

오늘밤도 쉽지 않을 것 같습니다.
발끝을 세우고 몰래 몰래 걸어왔건만
어떻게 알았는지 그 녀석은 꼬릴 흔들며 뒤따라옵니다.

오늘밤엔 꼭 기도를 올리려고 했는데
친구를 흉본 일이며
예쁜 꽃을 꺾어 머리에 달고 다닌 일이며
이웃집 초인종을 누르고 달아난 일까지
고백해야 할 일이 많은데
그 녀석은 자꾸만 소녀의 옷깃을 잡아끕니다.
그만 하라고, 저쪽으로 가라고
작은 주먹으로 녀석을 위협해 보지만
그 녀석은 몇 걸음, 뒷걸음치는 시늉뿐입니다.

오늘은 꼭 기도를 올리기로 약속을 했는데,
어제도 그제도 녀석과 씨름하다 잠들고 말았는데,
내 잘못을 고백해야 하는데,
소녀는 어쩔 줄 몰라
작은 두 손만 모았다 풀기를 반복합니다.
눈에 힘을 줘 지어낸 화난 표정도 녀석에겐 통하지 않습니다.
오히려 애처롭게 바라보는 녀석의 눈빛에
소녀는 그만 웃음을 터트리고 맙니다.
기도를 위해 모았던 작은 두 손을 풀어
녀석에게 벌리고 맙니다.

해먹

William James Glackens
〈The Hammock〉, 1919년 경
31.12×41.91cm
Oil on Canvas

윌리엄 글래큰스(1870~1938)

미국 필라델피아에서 태어나 펜실베니아 미술 아카데미에서 공부한 뒤 파리로 유학을 떠났다가 귀국한 뒤에는 화가이자 삽화가로 활동했습니다. 초기 작품에서는 어두운 색조를 사용하였으나 파리에서 공부하는 동안 프랑스 인상파의 기술을 배워 밝은 색들을 사용하기 시작했으며, 인상파의 시각으로 거리 풍경과 도시 중산층의 일상을 화폭에 담았습니다. 8인회의 일원으로 '미국의 르누아르'로 불렸습니다.

누구의 손길일까요.

혼곤한 잠을 깨운 그 손길은 누구일까요.

요람을 흔드는 어머니처럼 부드러운 봄바람의 숨결이었을까요.

조심스레 손을 뻗어 두 뺨을 간질이던 따스한 햇살이었을까요.

풀냄새 가득한 숲 속의 작은 은신처.

그곳에서 참 아득한 잠 속에 빠져 들었습니다.

어디인지도 모르고 언제인지도 모를 먼 기억 속에서

당신을 다시 만났습니다.

바람결에 내 작은 몸이 조금씩 흔들릴 때마다

깡총거리며 담벼락을 넘보듯

먼 기억이 하나둘 되살아납니다.

어디선가 들려오던 당신의 노랫소리.

꿈이었는지, 먼 기억이 되돌려준 선물이었는지

나는 그저 행복해하며

당신의 노랫소리에 빠져들 뿐입니다.

눈을 뜨면 모든 게 사라질까봐,

코끝을 맴돌던 당신의 향기가 없어질까봐,

닿을 듯 말듯 마음의 설렘이 흩어질까봐,

당신의 노랫소리가 멀어질까봐,

나는 언제까지고 이 혼곤한 잠의 포로가 되어

여기, 이렇게 머물고만 싶습니다.

테네시 여인

Elizabeth Nourse
〈Tennessee Woman〉, 1885년 경
94.62×64.77cm
Oil on Canvas

엘리자베스 너스(1860~1938)

프랑스 국립 미술협회에 가입한 최초의 미국 여성화가로, 오하이오주 신시내티의 부유한 집안에서 태어나 열다섯 살에 미술학교의 첫 번째 여학생으로 그림 공부를 시작했습니다. 뉴욕과 파리 줄리앙 아카데미에서 공부한 후 세기말의 파리에서 순수미술 화가로 활동하며 수많은 상을 받았습니다. 당시 여성화가로서는 드물게 상금과 작품 판매금으로 생활했으며 어머니와 아이들의 모습, 그리고 전원풍의 인테리어를 즐겨 그렸습니다.

당신이었군요.
이렇게 고운 빛으로 온 세상을 물들게 하신 이
누구일까… 궁금했는데, 당신이었군요.
당신을 비추는 햇빛과 맑은 공기,
간간이 입에서 터져 나오는 노랫가락을 섞어
당신은 이 고운 노을빛을 만들어내셨군요.

당신의 그 희고 가녀린 손이 움직일 때마다
당신의 그 작은 발이 힘주어 움직일 때마다
세상엔 마술 같은 일이 벌어진다는 것을
당신은 알고 계신가요?

당신 눈앞에 놓인 촘촘히 짜인 옷감 위로
빛 고운 노을이 퍼지는 모습이 보이지 않으세요?
천천히 베틀이 움직일 때마다
그 안에서 이 따사로운 노을빛이 새 나온다는 것을,
조금씩 세상이 그 노을빛에 물들고 있다는 것을
당신은 정녕 모르시나요?

당신을 오래도록 바라보고 선,
당신 모습을 오래도록 간직하고 싶은 한 남자 역시
그 노을빛에 물들어간다는 것을.
당신에게 한 걸음 다가설 때마다
남자의 가슴은 더욱 붉어지고
남자의 두 뺨마저 붉게 물들고 있다는 것을.

조종타를 잡은 어부

Augustus Waldeck Buhler
〈Fisherman at the Wheel〉, 1908
69.85×52.07cm
Oil on Canvas

어거스터스 뷜러(1853~1920)

독일 이민자의 아들로 미국 뉴욕에서 태어났으며 가족이 매사추세츠주 글로스터 인근의
앤곳으로 이사하던 열두 살 무렵 그림공부를 시작했습니다. 지역 화가조합에서 활동하
다 1888년 프랑스로 건너가 에꼴 데 보자르·줄리앙 아카데미에서 공부했고 여름에는
네덜란드로 스케치 여행을 떠나곤 했습니다. 미국으로 돌아온 뒤에는 보스턴에 스튜디
오를 열어 작업하면서 여름이면 앤곳으로 돌아가 시간을 보냈습니다.

바다에도 길이 있다고 당신은 말했죠.
푸른 물만이 일렁이는 그곳에,
아무런 표시도 없는 그곳에,
표시를 해둔다 해도
큰 파도가 한 번 지나고 나면 모든 것이 흔적도 없이 사라지는 그곳에.

그 길은 아무에게나 보이는 게 아니라고 당신은 말했죠.
아주 오랫동안 바다와 함께한 이들만이
아무리 지우려 해도 지워지지 않을 만큼 갯내가 몸에 밴 사람만이
태어나면서부터 뱃사람으로 정해진 사람만이
그 길을 볼 수 있다고 당신은 말했습니다.

그 길은 가끔 당신을 시험하기도 한다고 했죠.
당신이 얼마나 용감한지
당신이 얼마나 지난날들을 기억하는지
당신이 얼마나 바다를 사랑하는지
마치 철저하게 상대방을 부숴버리려는 질투 심한 연인처럼
그 길은 당신을 시험한다고.

그래서 당신은 그 길을 떠날 수 없다 했습니다.
그 길은 앞으로만 나 있는 길이라고, 뒤로 돌아서면 절벽이라고,
몇 번이나 사랑을 확인한 뒤에야
조심스레 보여주는 그 길의 비밀을 지키겠노라 약속을 했다고.

아마 지금도 당신은 그 길 어딘가에 서 있겠죠.
이제 어지간한 시험쯤 장난처럼 받아들이며
아무나 볼 수 없는 그 길이 향하는 곳을 향해
당신의 삶을 밀어가고 있겠죠.

집과 나무

Charles Rollo Peters
⟨House & Tree⟩, 1893
34.93×26.67cm
Oil on Panel

찰스 페터스(1862~1928)

미국 샌프란시스코에서 부유하고 자상한 부모의 외아들로 태어났으며 어린 시절을 보
낸 기숙학교에서 그림을 그리기 시작, 디자인학교를 나온 뒤 20대 중반 유럽으로 건너
가 에꼴 데 보자르·줄리앙 아카데미에서 공부하며 휘슬러의 영향을 받았습니다. 이후
미국으로 돌아와 몬테레이에 있는 30에이커에 이르는 저택에서 예술가 동료들과 교류했
고 작업도 좋은 평가를 받았으며, 말년에는 다시 샌프란시스코로 돌아와 여생을 보냈
습니다.

참 보기 좋은 풍경이었습니다.
마음까지 환해지는 햇살이 비쳐들 때면
바람결에 종알대는 잎사귀들이
그 붉은 지붕 위에 작은 떨림으로
푸른 그늘을 드리우곤 했죠.
마치 약속이나 한 것처럼,
서로가 서로를 그리워하듯 서로를 향해 팔을 뻗은 집과 나무.
그렇게 나란히 선 그 풍경을 바라보면서
참 부럽다… 했습니다.
저 둘은 영영 헤어지지 않겠구나… 했습니다.
이른 아침에 떠오르는 눈부신 태양을 함께 바라보고
저무는 노을에 함께 몸을 물들이며
깊은 밤이 되어도 함께 있으니
두렵지 않겠구나… 했습니다.

외로운 날들을 보내면서도
그때 그 풍경을 떠올리면 마음이 따뜻해졌습니다.
이 세상 어딘가
그렇게 영원히 함께하는 존재들이 있다는 사실이,
내 안에 새겨져 있는 그 풍경이,
그래서 어쩌면
언젠가 내게도 그런 순간이 올 지 모른다는 희망이
힘든 날들을 버티게 했습니다.
영원히 헤어지지 않는, 영원히 함께할 누군가.
내 풍경 안에 함께할 당신은 누구신가요.

Yes

Sir John Everett Millais
〈Yes〉, 1877
149.8×116.8cm
Oil on Canvas

존 밀레이(1829~1896)

영국의 사우스햄턴에서 태어났으며 런던 로열 아카데미에서 공부하는 동안 아카데미의
모든 상을 휩쓸며 주목받았습니다. 아카데미 회화에 반대해 라파엘 이전의 예술로 돌
아가자는 라파엘 전파를 결성해 활동했으며 20대 때부터 뛰어난 그림 실력으로 대중
적·사회적 성공을 거뒀습니다. 말년에는 남작 작위를 받았으며 로열 아카데미 교수를
거쳐 총장 자리에까지 올랐고, 세밀한 묘사와 감상성 짙은 인물화들로 높은 인기를 누
렸습니다.

Yes. 그래요.

당신을 기다리게 하지 않겠어요.

당신을 바라보는 내 눈빛이 먼저 대답합니다. 'Yes'라고.

아무리 힘들고 고된 날이어도 그대만 곁에 있다면

나는 언제든지 Yes라고 말할 수 있어요.

Yes. 나는 오래 전부터 이 말이 가진 힘을 믿어 왔습니다.

'Yes'라고 말하고 나면, 어디선가 희미한 빛이 스며들죠.

그 빛을 따라 걸어가면 새로운 세상을 향한 문이 열립니다.

우리를 덮고 있던 어둠이 걷히고 축 처진 어깨에 활력이 생겨나요.

비록 지금의 삶이 앞이 보이지 않는 고통뿐이어도

나는 'Yes'란 말을 버리지 않겠어요.

그 고통을 함께 이겨내고, 그 고통에서 나를 구해줄

바로 그 'Yes'임을 믿기 때문입니다.

당신과 나를 만나게 해준 것도 'Yes'의 힘이 아닐까요.

우리 두 사람, 현실의 벽에 부딪혀 힘든 시간들을 보내고 있을 때,

당신을 향한 나의 믿음과 나에 대한 당신의 믿음,

그 믿음의 부름에 우리가 Yes라고 답하지 못했다면

이 아름다운 순간을 어떻게 맞을 수 있었겠어요.

Yes. 그래요. 당신과 함께 그 길을 가겠어요.

조금 떨리긴 하지만, 당신과 함께라면

아직도 내 안에서 내게 속삭이는 'Yes'라는 한 마디에

내 인생을 걸겠어요.

우리 손을 맞잡고 우리의 삶을, 우리의 세상을 함께 그려나가요.

야상곡: 청색과 금색

James Abbot McNeill Whistler
⟨Nocturne: Blue and Gold⟩, 1872~77
68.3×51.2cm
Oil on Canvas

제임스 휘슬러(1834~1903)

미국 매사추세츠주에서 태어나 워싱턴에서 미술을 공부하고 1855년 유럽으로 건너가
파리와 런던을 오가며 작품 활동을 했습니다. 예술의 미학을 최우선 가치로 여겨 색채
와 형태의 완벽한 배치에 전력을 다했고, 일본 에도시대의 전통 판화인 '우끼요에'에 관
심이 많아 에칭 작업에도 심혈을 기울여 판화가로서도 최고의 명성을 얻었습니다. 작곡
가 드뷔시의 '야상곡'은 휘슬러의 '야상곡' 시리즈에서 영감을 얻어 작곡되었다고 합니다.

누가 쏘아 올린 불꽃일까.
누군가가 강 건너 멀리서 쏘아 올린 불꽃이
고요한 밤하늘을 수놓고 있습니다.
금빛가루가 되어 우수수 떨어지는 빛의 조각들.
강물 위로 또 그만큼의 조각들이 떠다닙니다.

깊은 어둠 속에서 사물들은
고단했던 하루의 숨을 토해냅니다.
아무도 보지 않는, 아무 것도 보이지 않는
밤의 어둠 속에 몸을 누이고
아직 잠들지 못한 사람들에게 그림자로
자신의 존재를 드러낼 뿐입니다.

누군가에게 위로 받고 싶은 존재들이 헤매는
깊은 밤의 거리.
어둠을 응시하는 흔들리는 존재들의 눈빛은
저 깊은 어둠의 동굴 속에서 뿜어내는
푸른빛에서 눈을 떼지 못합니다.
자신을 둘러싼 푸른 어둠에 싸여
깊은 상념의 강물 위를 떠도는 외로운 존재들.
그 무엇으로도 걷어낼 수 없을 것 같은
짙고 푸른 어둠이 도시의 강물 위로 끊임없이 흘러갑니다.

여름밤

Winslow Homer
⟨Summer Night⟩, 1890
75×100cm
Oil on canvas

윈슬로 호머(1836~1910)

미국 보스턴에서 태어나 석판화 공방의 견습생으로 일하다가 주간지의 삽화가가 되었고 남북전쟁의 종군화가로 이름을 얻었습니다. 밝은 색채와 광선을 중요하게 생각해 야외에서의 사생을 즐겼는데 삽화의 경험에서 비롯된 명확한 묘사로 독특한 작품 세계를 이뤘습니다. 40대 중반 영국의 외딴 항구도시에 2년간 머물며 바다에 매력을 느껴 귀국 후에도 바다를 배경으로 한 작품을 많이 남겼습니다.

달빛 가득한 해변으로 당신을 초대합니다.
파도와 어우러진 아코디언 소리가 귓가에 철썩입니다.
발바닥에 와 닿는 부드러운 모래알이 한밤의 낭만을 속삭입니다.
파도처럼 밀려오는 바닷바람을 타고 그대와 함께 날아오릅니다.

여름밤, 축제의 밤에 당신을 초대합니다.
창가를 두드리는 바닷바람을 따라 오세요.
달빛이 비추는 해변에 서면,
당신을 위한 음악이 파도에 실려옵니다.
부끄러워 마세요.
은은한 달빛이 당신의 마음을 숨겨줍니다.
한낮의 열기는 가라앉고,
바다 위에 떠있는 달빛만이 숨겨진 사랑의 노래를 듣습니다.

넘실거리는 아코디언 소리에 당신의 몸을 맡겨보세요,
그대가 닿고 싶은 곳까지
당신을 데려가 줄 파도 위에.
아코디언 소리가 귓가를 두드리면
바닷바람을 맞으러 이곳으로 오세요.
여름밤, 설레는 마음.

비행기

Alfred Stieglitz
⟨The Aeroplane⟩, 1910
12.7×15.2cm
Photogravure on Tissue

알프레드 스티글리츠(1864~1946)

미국 근대사진의 아버지로 불리는 사진가로, 뉴저지주 호보켄에서 태어나 열여섯 살에 부모를 따라 독일로 건너가 소형카메라를 접하면서 사진에 빠져들었습니다. 당시 지배적이던 회화를 모방한 사진에 반대하여 카메라 기능에 충실한 사실 묘사 위주의 스트레이트 포토그래피를 주장했고 1902년에는 사진분리파를 결성, 사진을 독자적인 예술로 자리 잡게 했습니다. 화가 조지아 오키프와 결혼, 그녀를 모델로 한 사진도 많이 남겼습니다.

야간비행.

어쩌면 오래 전부터 홀로 떠돌고 있었는지 모릅니다.

외로움이 느껴지는 순간, 그제야 혼자라는 사실을 깨닫습니다.

하늘을 붉게 물들인 햇살이 움츠리고 난 후

어둠이 하늘을 덮고 채 별이 떠오르지 않은 시간.

어스름 속을 나 홀로 떠돌고 있습니다.

외롭지만 슬프진 않습니다.

대신 내 안을 가득 채운 자유의 바람이

몸을 가볍게 하늘로 떠오르게 합니다.

자유.

그 말이 외로움을 동반한다는 사실을 처음 알았습니다.

이전엔 보이지 않던 것들까지 눈에 들어오게 한다는 것을.

저 아래, 거리를 가늠할 수 없는 깊은 곳에서

하나둘 불빛이 생겨납니다.

별처럼 내 마음에서도 빛나주기를 바랍니다.

'누군가 어깨로 떠밀듯 몸이 부드럽게 들리는 듯한 느낌을 받았다.

그는 주위를 둘러보았다.

검은 먹구름에 별빛이 스러지고 있었다.

그는 지상을 내려다보았다.

풀숲에 숨은 반딧불과도 같은 마을의 불빛을 찾으려고 했으나

그 검은 풀숲에는 반짝이는 것이라곤 아무 것도 없었다.'

문득 생텍쥐페리의 소설 한 페이지가 바람에 펄럭입니다.

파라솔을 든 여인

Aristide Joseph Bonaventure Maillol
⟨Woman with a Parasol⟩, 1895
190×145cm
Oil on Canvas

아리스티드 마이욜(1861~1944)

프랑스 남부 지중해 연안의 바뉘르스-쉬르-메르에서 태어나 장식적 요소가 강한 태피스트리 디자인에 흥미를 느껴 작가로 활동하다 실명의 위기를 겪으며 마흔 살을 앞두고 조각으로 방향을 바꿨습니다. 종교적인 주제를 벗어나 둥글고 부드러운 형태의 인간과 자연을 드러내는 수많은 걸작을 남겼습니다.

오래오래 간직하겠습니다. 당신의 모습을.
당신의 건강한 구릿빛 얼굴과
고집스런 입매, 먼 곳을 응시하는 눈빛을.
지금 당신의 모습을 내 안에 꼭꼭 담아
오래도록 기억하겠습니다.

내가 당신을 떠올릴 때면
당신은 늘 그날의 바닷가로 돌아갑니다.
슬픔이 배인 듯한 벚꽃 빛깔의 드레스에 흰 양산을 들고,
반사되는 햇빛에 찌푸린 얼굴로 먼 바다를 바라보고 있습니다.
그 표정이 얼마나 생생한지,
세상 모든 사물들이 조금씩 흐릿해져 가도
당신 모습만은 선명합니다.
설령 세상이 온통 암흑이 된다 해도
당신은 그 암흑의 바닷가에 아름답게 서 있을 겁니다.

기억 속의 당신,
내가 빛을 감지할 수 있는 마지막 순간 남을 당신의 모습.
그게 당신인 것이 얼마나 행복한지 모릅니다.
나는 이제 당신을 통해 세상을 보고,
내 안의 당신에게서 빛을 찾습니다.
이 세상 마지막 빛과 같은 존재,
당신을
영원히
내 마음에 새깁니다.

빨래가 널린 집

Egon Schiele
⟨House with More Dry Washes⟩, 1917
109.9×140.3cm
Oil on Canvas

에곤 실레(1890~1918)

오스트리아 다뉴브 강가의 투룬에서 태어난 표현주의 화가로, 빈 미술 아카데미에 들어
갔다가 구습에 얽매인 교육방식에 반발해 그만두고 친구들과 '신미술가협회'를 만들어
활동했습니다. 구스타프 클림트의 후원을 받은 것으로 알려져 있는데, 딱딱한 선과 강
렬한 악센트로 역동적인 풍경을 남겼으며 남녀의 인체를 대담하고 자극적으로 표현, 부
도덕한 그림을 그렸다는 죄목으로 구속되기도 했으나 최근에 작품들이 다시 평가받고
있습니다.

반짝이는 햇빛을 깊숙이 빨아들여
하얗게, 하얗게 빛나고 싶습니다.
바삭이는 느낌으로 다가가
이 햇살의 향기를 전하고 싶습니다.
마음속 얼룩까지 씻어낸 맑은 얼굴로
그대에게 다가가 속삭이고 싶습니다.

세상에 내린 햇빛은 신이 나서
아이처럼 고무줄 놀이에 마음을 빼앗깁니다.
집집마다 내걸린 빨래를 넘나드는 햇빛의 꼬리….
그 꼬리를 놓치지 않으려고 붙든 손에 힘을 주고 나도 함께 뛰놉니다.

빨강·파랑·하양·노랑…
색색의 옷가지는 건반이 되고,
나는 살랑살랑 부는 바람에 몸을 흔들며
삶의 리듬에 몸을 맡깁니다.

머리 아픈 일일랑 씻어버리고
마음 아픈 사람일랑 잊어버리고.
환하게 웃음 짓는 햇빛 속에서 내 마음 한 조각
어느덧 빨랫줄에 매달려 흔들립니다.
마음의 물기, 남김없이 털어 버리고
햇빛 가득 품은 채 웃음 짓습니다.

어려운 대답

Guy Orlando Rose
〈Difficult Reply〉, 1910
73.66×60.96cm
Oil on Canvas

가이 로즈(1867~1925)

미국 캘리포니아에서 널리 알려진 인상파 화가들 중 한 명으로, 로스앤젤레스 교외 산
가브리엘에서 태어났습니다. 아홉 살에 사냥터에서 총상을 입고 회복하는 동안 그림을
그리기 시작했습니다. 1884년 샌프란시스코 미술학교를 졸업한 후 파리 줄리앙 아카데
미에서 3년간 수학, 귀국해 삽화가로 일하다 아내와 다시 프랑스로 가 지베르니에서 모
네와 가깝게 지냈고 돌아와서는 파사데나 스티크니 미술학교에서 교편을 잡았습니다.

잠시 접어둔 편지를 다시 펼쳤지만
여전히 펜 끝은 허공을 맴돕니다.
어디에도 닿지 못하고 헤매는 내 마음 같습니다.
몇 번이나 썼다 지운 텅 빈 문장들이
복잡하게 엉겨들어 떼낼 수가 없습니다.

"답장을 기다리겠어요, 그대의 마음을 알고 싶어요."

편지 끝 마지막 한 문장이 나를 빤히 올려다봅니다.
당신이 받고 싶은 답장은,
당신이 알고 싶은 내 마음은 어떤 것일까요.
내 마음을 있는 그대로 전할 수 있는 말은
대체 어디에 있는 걸까요.
마음속에 고개를 든 한 마디, 한 마디를 적어 내려가지만
마음 밖으로 나온 한 마디, 한 마디는
금세 다른 의미가 되어버립니다.

'휴우~'
작은 한숨을 내쉬며 변해버린 말들을 내버리고
다시 내 마음속 소리에 귀기울입니다.
이 마음을 그대로 전할 수 있다면,
편지지 위에 어설픈 말로 옮기지 않고
이 마음을 그대로 전할 수 있다면.
어쩌면 오늘도 난 부치지 못할 겁니다.
내 마음을 담은 답장은 어쩌면, 영원히 쓰이지 않을 지도….

봄

존 트와츠먼(1853~1902)

미국 신시내티에서 태어난 19세기 말 인상주의 화가로, 어려서 디자인 학교에서 공부한 후 1875년 독일 뮌헨을 거쳐 프랑스 파리로 옮겨가 공부를 계속했습니다. 파리에서 인상주의와 색조주의의 영향을 받고 미국으로 돌아와 대담한 사실주의 화풍으로 바다와 항구 등의 자연풍경을 주로 그렸습니다. 한때 교편을 잡기도 했으며 엷은 색조를 이용한 꿈결 같은 느낌의 풍경화들로 자연이 전하는 감동을 표현해냈습니다.

그날, 마을엔 조용한 기운이 감돌았습니다.
사각의 프레임에 갇힌 정물화처럼
마을은 차분히 가라앉아 있었습니다.
시간이 멈춰버린 게 아니라는 걸 확인시키듯
강물에 비친 마을 그림자는 조금씩 몸을 떱니다.
아무도 살지 않을 것 같은,
아무 일도 일어나지 않을 것 같은 곳.
저 멀리 하늘에 외로운 나무 그림자가 걸려 있습니다.
뚜벅뚜벅
나는 꽤 오래 전부터 마을을 향해 걷고 있지만
마을은 한 걸음도 가까워지지 않습니다.
'너와는 상관없는 얘기야'
차가운 한 마디가 우리 사이 거리를 결정짓듯
마을은 언제나 저만치 떨어져 존재할 뿐입니다.
부드러운 미풍이 감싸 도는,
조용하고 평화로워 보이는 그곳에
나는 여전히 발을 딛지 못합니다.
나 때문인지
당신 때문인지,
그저 우연인지 모르지만
마을의 봄 풍경은 쓸쓸하기만 합니다.
손 뻗으면 잡힐 듯한,
눈 감으면 비좁은 골목 구석구석까지 떠오르는 그곳.
그곳을 마음에 들여놓는 것조차
허락 받지 못한 내 눈앞의 풍경에는
늘 가는 비가 내립니다.

새로운 다양성, 첫 시도

De Scott Evans
⟨A New Variety, Try One⟩, 1890년 경
30.8×25.4cm
Oil on Canvas

드 스콧 에반스(1847~1898)

미국 보스턴에서 태어나 초상화·정물화·풍경화 등 다양한 장르에서 활동했습니다. 캔버스의 수직적인 이미지로 기억되는 화가로, 형식적인 사인이나 날짜를 남기는 것을 중요하게 생각하지 않아 다양한 서명을 사용했으며, 마운트 유니온 컬리지의 미술학장을 맡는 등 후학들을 기르는 데도 힘썼습니다. 1898년 프랑스 증기선 '라 브르고뉴' 호의 선박 사고로 세 딸과 함께 세상을 떠났으며, 그의 정물화는 사후에 더 주목받고 있습니다.

내 텅 빈 캔버스에 또르르르,
잘 여문 나무 열매가 굴러 들어옵니다.
흙 속에 파묻혀 어둠에 갇혀 있던 그.
뿌리를 내리고 싹을 내어
햇빛과 빗물을 가슴 뻐근하도록 빨아들인 그 존재.
몇 차례의 여름과
몇 차례의 혹독한 겨울을 이겨낸
단단하고도 위험한 생명입니다.
또르르르, 그렇게 굴러와
내 텅 빈 캔버스에 지워지지 않는 흔적을 남깁니다.
그대처럼.

그대도 어느 날 갑자기 내게 들어섰습니다.
아무런 예고 없이,
어느 날 갑자기.
처음부터 그 자리에 있었던 것처럼 자연스럽게.
어떤 거부도, 어떤 저항도 할 수 없도록.
나 조차 오랫동안 기다려왔다고 믿고 말았습니다.
스스로 햇살이 되고
스스로 빗물이 되어
내 따스한 품안에 뿌리를 내리는 그대를 지켜보면서
또르르르, 그대가 내게 처음 오던 날을 기억에서 지워버린 채.
또르르르, 그렇게 다시 떠날 수 있다는 걸 애써 외면한 채.

휴식

Vilhelm Hammershøi
⟨Rest⟩, 1905
49.5×46.5cm
Oil on Canvas

빌헬름 함메르쇼이(1864~1916)

덴마크 코펜하겐의 부유한 상인 집안에서 태어나 여덟 살 때부터 화가로 교육받았으며 로열 아카데미를 졸업한 후 예술가 연구학교에서 외광파 기술을 익혔습니다. 건축과 인테리어 작업도 병행해 생전에 유럽에서 가장 환영받는 작가로 인기를 누렸고 아무도 없는 텅 빈 방, 홀로 있는 여인의 뒷모습 등을 차분한 색조로 그려내 사실적이면서도 신비하고 고요한 느낌을 자아냅니다. '덴마크의 페르메이르'라고도 불립니다.

그대의 뒷모습은 날 눈물 나게 합니다.
지쳐 있는 그대의 가녀린 두 어깨가
슬픔을 머금은 듯한 그대의 흰 목덜미가
채 가려지지 않은 그대의 아픔을 수줍게 드러냅니다.

그대에게 다가가
그대의 허전한 어깨에 두 손을 얹고
따스한 온기를 전할 수 있다면.
말없이 그저 그렇게
그대 편히 기대어 쉴 수 있는 의자가 될 수 있다면,
그대의 마음이 기댈 수 있는 의지가 될 수 있다면.
그대를 위한 바람은 끝이 없으나
그대를 위해 할 수 있는 것은 아무 것도 없으니
그대, 이렇게 바라보기만 하는 나를 용서하지 말아요.

그대의 뒷모습은 많은 이야기를 합니다.
더이상 나를 바라보지 말라고,
힘들고 지치는 삶의 무게는 오직 나의 것이라고,
그러니 더이상 슬퍼 말라고.
차라리 그대 애절한 눈빛으로 날 보아주었다면
내 마음 이토록 무너지진 않았을 것을.
그대에 대한 서운함이 알알이 내 마음에 박혀 와도
그댄 끝내 돌아보지 않는군요.
그 마음 나만큼 아플 것을 알기에 떠나고 싶지만
떨어지지 않는 발길은 이렇게 영원히
그대의 뒤에 남습니다.

더위

Florine Stettheimer
〈Heat〉, 1919
127×92.7cm
Oil on Canvas

플로린 스텟테이머(1871~1944)

미국의 화가이자 디자이너·시인으로 마르셀 뒤샹·조지아 오키프 같은 맨해튼 모더니스트들의 살롱니스트였습니다. 뉴욕 로체스터의 부유한 집에서 태어나 어려서부터 이탈리아·스페인·프랑스·독일·스위스 등을 여행하며 그림 공부를 했고 1차 세계대전 이후에는 뉴욕을 중심으로 본격적인 예술활동을 펼쳤습니다. 살롱에 모인 뉴욕의 예술가·지식인들의 모습을 화폭에 담아 전시회를 열어 인기를 누렸습니다.

언제까지나 계속될 줄 알았습니다.
매일매일 똑같은 풍경에 똑같은 소리.
우리는 조금씩 지쳐갔습니다.
시간이 지날수록
지루한 일상도 엿가락처럼 늘어나기만 했습니다.
아무도 먼저 나서지 않았습니다.
벽에 매달린 고장난 시계처럼
무기력해진 몸을 의자에 걸쳐놓고
지나가는 시간들을 멍하니 바라봤습니다.
누군가 나를 구해주지 않을까.
헛된 희망도 품어보지만
새로울 것 하나 없을 내일이
언제나 두렵기만 했습니다.
그때 우리가 나누었던 이야기가 하나도 기억나지 않습니다.
누군가 끊임없이 말을 걸고
앞뒤도 맞지 않는 이야기들을 주고받으면서
우린 저마다의 생각에 빠져있었을 뿐입니다.
가끔 그 나른한 풍경이 높이 떠가는 구름 위에서
날 내려다보는 것 같습니다.
조금은 그 순간이 그립지 않느냐고 나를 떠보는 것 같습니다.
시간이 고여 있던 그 순간,
그 갑갑한 더위 속을 헤매던 때를.
너를, 언제 올지 모르는 너를 기다리던 그 때를.

쉿, 그들을 방해하지 말아요

Hamilton Hamilton
⟨Hush, Do Not Disturb Them⟩
61×91.4cm
Oil on Canvas

해밀턴 해밀턴(1847~1928)

유명한 풍경화가·초상화가·삽화가이자 판화가로, 영국 옥스퍼드에서 태어났지만 어린
시절 가족을 따라 미국으로 이주해 버팔로에 정착합니다. 초상화와 풍경화를 독학으로
익힌 뒤 프랑스·영국·미국 곳곳을 여행하며 풍경들을 화폭에 담았고, 뉴욕에 스튜디오
를 열어 작업하면서 국립 아카데미에서 전시회를 열었습니다. 장르화로도 인기를 얻었
으며 국립 아카데미·뉴욕판화가 클럽·미국 수채화협회 회원으로 활동했습니다.

사그락사그락,
잔잔한 파도가 해변에 밀려드는 인적 드문 바닷가.
모래사장을 뛰놀던 아이들은 보이지 않습니다.
한참을 헤맨 끝에 찾아낸 비밀의 공간.
커다란 바위를 천막 삼아 오순도순
나누는 이야기에 끝이 없습니다.
무엇 하나 의심 없는 눈빛으로
지루함 없는 호기심으로
서로 눈을 반짝이며 귀를 기울이는
순수의 시간.
누가 이들을 방해할 수 있을까요.
누가 이들 사이에 끼어들 수 있을까요.
아이들은 바위 그늘에 몸을 기대 앉아
머나먼 내일의 추억을 길어 올릴 뿐입니다.
먼 훗날 이곳을 다시 찾으면
한 번쯤 옛 시절을 되돌아보게 될까요.
한 번쯤 바위가 기억하는 이야기들에 귀 기울일까요.
한 번쯤 저 멀리 흩어지는 파도 위에 보였다 사라지는
순수했던 한 순간을 알아볼 수 있을까요.
바닷가 바위 뒤에 묻어 놓은 긴긴 이야기들이
파도에 실려 밀려갔다 밀려오는 순간을 마주하게 될까요.

남쪽 태양 아래

Charles Edward Conder
⟨Under a Southern Sun⟩, 1890
71.5×35.5cm
Oil on Canvas

찰스 콘더(1868~1909)

지금은 런던에 속하는 영국 토튼햄에서 태어난 화가이자 석판화가·디자이너로, 어린 시절은 인도에서 보냈으며 호주로 이주해 시드니와 멜버른에서 인상주의의 기본 원리를 익힌 후 파리로 건너가 코르몽의 화실에서 그림을 그렸습니다. 루이 앙크탱·툴루즈 로트렉 등과 교류, 영향을 주고받은 이후 영국 콘월로 돌아가 자연이 가진 밝고 낙천적인 분위기와 여러 나라에서의 경험이 담긴 탐미주의적인 면이 엿보이는 작품을 많이 남겼습니다.

태양 아래 펼쳐진 아스라한 풍경 속에서
세상 모든 것이 환히 빛납니다.
황금빛 반짝이는 대지 위로 구름 그림자 흐르고
저 멀리 언덕 위의
나무 베는 일꾼들도 잠시 손을 멈췄습니다.

세상 그 어디에 감춰져 있던 빛이냐.
풍경 그 어디에 숨어 있던 빛이냐.
우리 몸 어디에
이렇게 빛나는 한 순간이
잠들어 있었을까요.
세상 만물 모두가
제 안에 태양을 품고 삽니다.

넘실넘실 빛이 넘쳐나 어둠을 채우고,
축축한 그늘을 말리고,
어두운 마음가의 눈물을 닦아줍니다.
잊지 말아야지, 내 속의 태양을.
세상 어둠 밝힐 수 있는
내 안의 빛 무리를.
너와 함께 나눌 수 있는 밝은 환희를.
땀내 밴 빨랫감이 하얘져 펄럭이고
우리의 삶도 그렇게 눈부십니다.

파란 하늘에 손을 집어넣고 헤집듯
높이 솟은 나무 한 그루,
세상의 중심인 듯 곧고 당당합니다.

상처 입은 천사

Hugo Simberg
⟨The Wounded Angel⟩, 1903
127×154cm
Oil on Canvas

휴고 심베리(1873~1917)

핀란드의 하미나에서 태어나 열여덟 살에 미술학교에 입학했으며 이후 화가 악셀리 갈렌-칼렐라를 사사했습니다. '불쌍한 악마'와 '죽음'같은 으스스하고 초자연적인 주제를 즐겨 그렸고 우울한 아름다움을 잘 표현해 보는 이들에게 깊은 인상을 남깁니다. 심베리는 원래 이 그림의 제목을 무제로 남겨뒀는데 그림을 감상하는 사람의 느낌대로 채워 넣기를 원했기 때문이라고 합니다.

어쩌면 바보 같이 몰랐을까요.

희망이라는 이름 역시 상처 받을 수 있다는 것을,

하얗게 빛나는 순수한 내일이 산산이 부서질 수 있다는 것을,

왜 단 한 번도 생각지 못했을까요.

언제나 그렇게 밝은 빛으로 남아 있을 거라고

어찌하여 그리 굳게 믿었을까요.

그 믿음이 더 깊은 상처를 남긴다는 걸,

그 무지가 더 아픈 생채기로 새겨진다는 걸,

너의 눈빛을 보고서야

그렇게 너무 늦어버린 뒤에야 알고 만 것일까요.

아아, 이 세상 무엇이라도 꿰뚫을 듯

형형하게 빛나던 너의 눈빛.

내 가슴 깊숙이 비수처럼 찌르고 들어오던 너를

차마 마주볼 수 없습니다.

상처 입은 영혼을 위태로이 안고 가는

두 손을 나는 잊을 수 없습니다.

천사처럼 순결하던 너의 영혼.

상처 입고 그렇게 아파하면서도

우릴 위로하는 꽃송이를 놓지 않은 그 영혼을 기억하겠습니다.

사실 아직은 잘 모르겠어요.

네 마음의 상처를 어떻게 위로할 수 있을지.

다만 잊지 않겠다고

오래오래 기억하겠다고

그래서 다시는 같은 실수를 반복하지 않겠다고

지금 이 밤, 어디선가 울고 있을지 모를

우릴 대신해 상처 입은 천사들을 돌보겠다고

이 말만은 믿어달라고 전하고 싶습니다.

말 없는 마차-롱아일랜드의 큰길

Frank Russell Wadsworth
⟨The Horseless Carriage-Main Road of Long Island⟩, 1900년 경
71.12×91.44cm
Oil on Canvas

프랭크 워즈워스(1874~1905)

미국 시카고에서 태어나 시카고 예술학교에서 공부한 뒤 펜실베니아 예술학교 재학 중 데뷔했고, 윌리엄 체이스의 가르침을 받았습니다. 스승을 따라 주로 야외에서 작업하며 풍성한 붓터치와 빛에 따른 입체감, 세심한 색채 표현 등으로 주목받았습니다. 1904년 시카고 미술대회에서 젊은예술가상을 받는 등 재능을 펼치다가 스페인 여행에서 풍토병인 열병에 걸려 서른 한 살의 나이로 세상을 떠났습니다.

안녕! 안녕! 안녕!
잘 가세요.
그대의 앞길, 거칠 게 무엇이겠습니까.
푸른 숲이 그늘을 드리우고
들판의 꽃들이 그대 가는 길을 환하게 맞아줄 겁니다.
가다가 내리막길을 만나면 조금 힘을 빼
흐르는 대로 몸을 맡기고,
오르막길을 만나거들랑
저 깊은 곳에 잠든 힘까지 모두 깨워
힘차게 오르세요.
그렇다고 너무
앞만 보고 달리지는 마세요.
자꾸 뒤돌아보게 만드는 풍경을 지나치고 말았다면
다시 되돌아가 마음껏
그 풍경을 들이키십시오.
한가롭게 떠가는 구름이 보고 싶어지면
길가에 차를 세우고 가만히 누워 보세요.
부드러운 흙냄새, 싱그러운 풀냄새에 취해보세요.
파란 풀잎들이 그대 안의 피로를 씻어줄 테니.
늦었다고 너무 서둘러 달리지는 마세요.
우리가 가야할 그곳은
늦거나 이르거나를 따지지 않을 테니.
오직 우리가 지나온 길에서 가져온
아름다운 추억들만이
우리를 맞아줄 겁니다.

우산을 든 세 여인

마리 브라크몽(1841~1916)

프랑스 브르타뉴 출신으로, 가족과 함께 파리로 이주하면서부터 그림공부를 시작, 앵그르의 제자가 됩니다. 초기에는 앵그르의 고전주의 영향을 받았지만 점차 인상주의 경향을 드러냈으며 뛰어난 도예가로도 인정받았습니다. 여러 차례 전시회를 열었으나 같은 화가이면서 권위적인 남편 펠릭스 브라크몽의 질투 때문에 1890년 경 그림을 그만두었고, 메리 커셋·베르트 모리조와 함께 '세 명의 우아한 여인'으로 불리며 많은 미술사가와 평론가 들에 의해 거론되고 있습니다.

푸른 어둠 속으로 한 걸음
들어서는 이 있습니다.
밤의 도시에
커튼처럼 드리운 안개를 헤치며
산책에 나선 사랑스러운 여인들.
향긋한 밤의 향기가 주위를 맴돕니다.
소곤소곤 속삭이다 작게 웃음 짓는
여인들의 목소리가
반짝이는 별빛처럼 내 맘을 설레게 합니다.
앳된 소녀티를 벗지 못한
여인들의 아름다움에 감히 손을 뻗어보지만,
그대들은 닿을 수 없는 그곳에서
수줍은 듯 미소짓고 있네요.
마치 저 머나먼 시간 속에서 걸어나온 듯한,
이 세상의 때가 묻지 않은 순정한 그대들은
바라보는 이들을 미소 짓게 합니다.
그대들의 속삭임에 귀 기울이게 합니다.
달빛 아래 산책하는
그대들을 지켜보는 신비로운 밤.
사뿐사뿐 푸른 어둠을 밟고 걷는
그대들을 보면서
어느새 나도 밤의 산책을 즐기고 있습니다.
그대들과 함께 밤공기를 들이마시며
푸른 어둠 속에 내 맘을 활짝 풀어놓습니다.

작업실에서

Henri Joseph Harpignies
⟨In the Studio⟩
41×28.3cm
Watercolor

앙리 아르피니(1819~1916)

프랑스 발랑시엔에서 태어난 바르비종파의 풍경화가로, 사업가가 되기를 바라는 집안
의 강요를 물리치고 화가의 길을 선택, 스물일곱 살에 파리에 있는 장 아샤르의 화실에
들어가 혹독한 훈련을 받으며 풍경화의 기초를 닦았습니다. 이후 이탈리아로 건너가 2
년간 머물다 돌아왔고, 이후 코로를 비롯한 바르비종파의 거장들에게서 깊은 인상을 받
아 자신의 화풍에 반영했으며 코로와 함께 이탈리아를 여행하기도 했습니다.

한창 물이 오른 창밖 봄 풍경이
자꾸만 내 마음을 부끄럽게 합니다.
새로운 기운이 움트는
바깥 풍경이 멀게만 느껴지는 건
내 안에 고인 어둠이 아직 짙은 이유겠지요.

며칠 버티지 못할 것을 알면서도
온 힘을 다해
세상 가장 아름다운 모습으로 피어나는
연약한 풀꽃의 용기가,
맑은 초록빛 잎사귀로
세상의 때를 지워가는 나무의 말없는 실천이,
간간이 부드러운 바람으로 쉬어가는
그 여유가 부럽습니다.

아직은 때가 아니라고,
여전히 웅크린 채
기지개를 펴지 못하는 내 속의 나를
이 봄이 일깨우고 있습니다.
그래요, 너른 창으로 한가득 쏟아져 들어오는
저 풍경의 기운을 더는 견디지 못할 겁니다.
용기를 내라고, 도전하라고
속삭이는 저 봄의 기운을 외면할 수 없을 겁니다.
머지않아 내 마음의 창에 비친 풍경도
저 환한 봄빛으로 물들길 바라면서
오늘도 창가를 떠나지 못합니다.

지난날

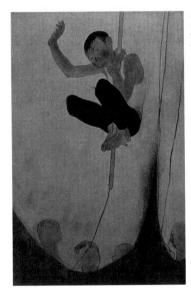

김선두
〈지난날〉, 1986
92×136cm
장지에 먹 분채

김선두(1958~)

전라남도 장흥에서 태어나 석남 미술상·중앙미술대전 등 유수한 미술상을 수상한 현대
한국화가입니다. 고향 풍경을 담은 〈남도〉 연작을 비롯해 〈써커스〉 연작, 〈그리운 잡
풀〉 연작, 〈느린풍경〉 연작 등을 통해 버려진 것들, 작고 소박한 존재에 대한 애정을 표
현하고 있습니다. 작가가 주로 사용하는 장지 기법은 색을 여러 번 덧칠해 먼저 칠한 색
이 그 위에 칠한 색을 통해 우러나오게 하는 것으로, 어떤 색도 튀지 않고 스며드는 맛
을 느끼게 합니다.

잘 가라. 꽁무니만 남긴 채
저 깊은 과거로 들어서는 시간에 인사를 합니다.
잘 가라. 아무렇지도 않게, 미련 없이 손을 흔들어줍니다.
하지만 내게 등을 보이는 그가 얼마나 야속하던지요.
그가 채 열 걸음을 떼기도 전에
내 마음은 벌써 돌아오라고 외치고 있습니다.
가지 말라고, 여기 영원의 시간에 함께 있자고.

부질없다는 걸 알기에 쫓아가지 못하고 외줄에 매달려,
뒷모습이라도 더 보자고 조금씩 위로 올라
보이지 않을 때까지 바라보고 또 바라봅니다.
등 돌린 그는 단 한 번도 돌아보는 일이 없건만
이번엔 돌아볼지 모른다는 기대를 버리지 못합니다.
단호하게 내 마음을 끊을 줄 아는 현명함을 지녔던들
이렇게 버림받지는 않았을 테지요.

흔들흔들.
그가 떠난 뒤에도 외줄에 매달려 한참을 흔들립니다.
줄이 나를 흔드는 건지 내가 줄을 흔드는 건지
무엇이 먼저인지 알 수 없는 흔들림이 계속됩니다.
마치 멈추지 않는 시계추처럼 흔들흔들.
그렇게 흔들리며 스스로에게 최면을 겁니다.
'슬프지 않아. 아쉽지 않아. 난 이미 다 잊었어.'
어느새 그리 믿게 된 나는 마지막 남은 미련을 멀리 보낸 뒤에야 비로소
시간이 사라져간 쪽을 향해 무연한 마음으로 손을 흔듭니다.
오늘도 그렇게 나를 속이며 순간순간과 이별합니다.

연인들

John Atkinson Grimshaw
⟨The Lovers⟩
46.5×56.7cm
Oil on Panel

존 앳킨슨 그림쇼(1836~1893)

영국 리즈에서 태어난 19세기 빅토리아 시대의 화가로, 어려서부터 그림에 재능이 있었
지만 부모님 반대로 화가의 꿈을 접고 철도회사 서기로 일했습니다. 하지만 그림에 대
한 열정으로 갤러리를 오가며 독학하여 스물다섯 살에 직장을 그만두고 화가의 길에 들
어섰으며 서른 즈음부터 대중의 인기를 끌었습니다. 처음엔 주로 정물을, 이어 장식이
많은 실내 풍경과 젊은 여인, 마흔이 넘어서는 달빛 비치는 밤과 항구 주변 풍경을 화폭
에 담았습니다.

오늘도 마중 나와 줘서 고마워요.
더 없는 따스함으로
우릴 감싸주는 당신의 손길.
저 멀리 숲 위로 은은하게 비추는
당신의 빛이 떠오르기를
얼마나 마음 졸이며 기다렸는지 몰라요.
드디어 오셨구나.
내 고운 사랑을 지켜주는 이.
단 한 번도 시샘하는 일없이
톡톡톡 창을 두드리며
'이제 시간이 됐어. 네 사랑을 만날 시간이.'

온통 당신의 속삭임으로
빛나는 포도 위를 달려
난 내 사랑에게로 갑니다.
당신이 밝혀주는 길을 따라 밤의 고요를 헤치며
내 사랑에게로 갑니다.
길모퉁이… 내 사랑하는 이의 모습이
당신이 뿜어내는 따스한 빛을 받아 빛나고 있습니다.
당신이 지켜주었기에, 당신이 이끌어주었기에
우리 사랑을 질투하는 뜨거운 태양 아래의
가혹한 시간들이 지나고 나면
우린 세상 부러울 것 없는 연인이 되어
당신의 축복을 받아들입니다.
당신의 따스한 손길을 영원히 거두지 말아주세요.

브라이튼의 피에로

Walter Richard Sickert
⟨Brighton Pierrots⟩, 1915
63.5×76.2cm
Oil on Canvas

발터 지커트(1860~1942)

독일 뮌헨의 덴마크-영국계 가정에서 태어났으며 여덟 살 때 온 가족이 영국으로 이주한 후 제임스 맥닐 휘슬러의 가르침을 받았고 파리에서 만난 드가의 영향으로 연극에 대한 애정을 발휘, 극장과 버라이어티 쇼의 장면들을 즐겨 그렸습니다. 프랑스 인상주의의 전통을 보다 엄격한 형태로 영국에 선보여 런던 인상주의 화가로 불리며, 인상주의와 더불어 사실주의적 정신을 그림에 반영해 당시 현실의 우울을 담은 작품들이 많습니다.

영국 남부의 해변 도시 브라이트.
화려한 휴양지의 하루가 저물어갑니다.
관광객들을 태운 마지막 버스가 떠나고 나면
파빌리온 궁전의 지친 그림자가 바다 속에 몸을 던집니다.
흥겹고 활기 넘치던 거리엔 외로운 가로등 불빛 뿐.
쓸쓸함이 구석구석 피어납니다.

부둣가엔 공연을 마친 피에로들이 남아 있습니다.
웃음을 파는 피에로.
사람들의 웃음과 박수를 먹고사는 피에로.
텅 빈 거리에 내려앉은 정적은 커다란 슬픔이 되어
그들의 마음 가에 파도처럼 철썩입니다.
기쁨과 슬픔, 웃음과 눈물.
사람들이 쏟아내고 떠난 감정의 부스러기들이
난파선의 조각처럼 바다 위를 떠돕니다.

물.끄.러.미. 바라봅니다.
화가 지커트의 캔버스에 쓸쓸히 자리 잡은 브라이트의 피에로.
그들은 바다 위에 드리운
파빌리온 궁전의 아름다운 자태를,
그 위를 떠도는
이 세상 모든 감정의 조각들을 바라봅니다.
그곳에조차 내버리지 못한 마음의 상처를 보듬으며
피에로의 짙은 분장 안에 자신을 감춥니다.

수련 채집

Peter Henry Emerson
⟨Gathering Waterlilies⟩, 1886
20.3×29.9cm
Photogravure

피터 에머슨(1856~1936)

쿠바의 사탕수수 농장에서 태어났으며 아버지는 미국인, 어머니는 영국인입니다. 19세
기 자연주의 사진이라는 독특한 사진예술 세계를 펼친 이론가이자 사진가로 의사·식물
학자·탐정소설가로도 활동했습니다. 조류연구를 위해 사진을 시작하여 자연주의 사진
의 선구자가 됐으며 1884년 영국 농촌마을에 정착해 그 지역의 생활상과 풍경을 인위적
인 조작 없이 풍부하게 담아내며 다큐멘터리 사진 개념에 접근한 작가입니다.

당신, 언젠가… 내 마음이 알고 싶다고 했나요.
당신을 향한 내 마음이 궁금하다고.
그 물음에 바로 대답할 수 없었던 건… 글쎄, 모르겠어요.
아마 마음이 너무 벅차서
아무 말도 할 수 없었기 때문이었던 것 같아요.
너무 많은 얘기가 튀어나올 것 같아서,
내 마음을 다 알고 있는 당신이 놀리는 건 아닐까 수줍었어요.

이렇게 작은 배 안에 당신과 나, 둘이 앉아 있네요.
우리 앞에 놓인 세상도 이 너른 호수 같겠죠.
수풀이 앞을 가리고
심한 바람에 배가 흔들릴 때도 있을 거예요.
하지만 당신만 곁에 있다면,
이렇게 평화로운 순간
잔잔한 수면 위에 피어오른 수련을 바라보며
그 향기에 취할 수 있는
한 순간이 허락된다면 더 바랄 게 없습니다.

저 물 위로 솟아올라 아름답게 꽃을 피운 수련을 보세요.
저 깊은 물속에 뿌리를 박고
자신만의 태양을 향해 위로, 위로 솟아오른 수련의 꽃잎.
수줍은 듯 물 그림자를 바라보며 환희로 빛나는 저 꽃잎을 보세요.

당신, 내 마음이 궁금하다고 했나요.
이 수련 꽃잎을 내 마음이라 받아주세요.
당신을 향한 내 순결한 사랑을 받아주세요.

차 마시는 시간

Jean-François Raffaëlli
⟨L'Heure du Thé⟩
31.4×26.7cm
Oil on Panel

장 프랑수아 라파엘리(1850~1924)

프랑스 파리에서 태어났으며 음악과 무대에 흥미를 느껴 배우로 무대에 섰으나 스무 살에 미술교육을 전혀 받지 않고 그린 풍경화가 살롱전에 전시돼 화가의 길에 들어섰습니다. 뒤늦게 에꼴 데 보자르에서 그림공부를 한 뒤 노동자들의 생활상, 파리 거리와 풍경을 주로 그렸으며 독자적인 점묘법과 캐리커처를 떠오르게 하는 화풍에 검은 색을 즐겨 썼습니다. 인상주의 화가들의 판화 제작에도 힘썼고 조각가로도 활동했습니다.

당신, 기억해요?
우리가 처음 이렇게 향긋한 시간을 함께한 때를.
차를 따르고 건네면서 살짝 손이 스치는 순간,
그때 느낀 떨림을.
서로에게 건넬 말을 고르고 고르느라
우리 사이엔
긴 침묵이 흐르곤 했지요.
그 침묵이 어찌나 길게 느껴지던지,
지루해진 당신이
일어나 떠날 것만 같아
얼마나 마음을 졸였는지 모를 겁니다.
그렇게 한 번, 두 번, 세 번…
우린 찻잔을 앞에 두고
많은 이야기와 마음을 나누었지요.
붉게 우러난 찻물처럼
우리 마음도 붉던 시절이었지요.
그렇게 조바심을 내던 시절이라니!
조금 우습기도 합니다.
바싹 붙어 앉아도 설렘이나 떨림 보다
편안함이 먼저인 지금 생각하니 그래요.
하지만 가끔 그 떨림이 그리울 때도 있는 걸 보면
여전히 나는 그때처럼 어리석은 그대로인가 봅니다.
향긋한 차향이 코끝을 스치네요.
당신도 나와 같은 향을 느끼고 있겠죠.
나와 같은 방향을 바라보며 살아가는 당신.

전화선들

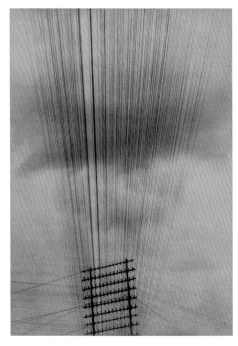

티나 모도티(1896~1942)

가난을 피해 이탈리아에서 미국으로 이민, 재봉일부터 시작해 배우가 됐으며 여러 예술
가와 교류하다 사진가 에드워드 웨스톤을 만나 조수로 일하며 사진에 입문했습니다.
주로 멕시코에서 활동하다 사회주의 단체에 가입, 정치적 문제로 추방당한 뒤 러시아에
정착해 스탈린의 비밀경찰로 활약하다 멕시코 택시 안에서 숨을 거뒀습니다. 사진이 시
대를 기록하는 감동적인 도구라 생각했으며 미학적 가치가 높은 사진들을 남겼습니다.

사랑을 향해 달려갑니다.
그리움을 타고
슬픔을 누르며
그대에게 닿기 위해 달려갑니다.

사랑을 잃어버린 사람들,
사랑을 구하는 사람들,
놓쳐버린 사랑을 되찾으려는 사람들….
안타깝고 마음 시린 사연들이
이쪽에서 저쪽으로, 저쪽에서 이쪽으로 오고 갑니다.

사랑하는 이의 음성을
조바심 내며 기다리는 떨리는 목소리가,
벅차오르는 기쁨을 나누려는 흥분된 목소리가,
울음에 묻혀 알아들을 수 없어져버린 통곡의 목소리가,
그 소리들을 받아들여줄
누군가를 향해 바삐 달려갑니다.

내게도 그런 누군가가 기다리고 있을까요.
수화기를 들어 내 안의 모든 것을 털어 내면
아무 것도 묻지 않고 그대로 받아들여 줄 당신,
그 끝에 계신가요.
툭 터져 나오는 울음처럼 내 마음에 샘솟는 이야기들을
아직 알지 못하는 당신을 향해 쏟아내도 될까요?
그 끝에 서 있는 당신, 내 얘기가 들리세요?

모래 언덕에서
물구나무 선 소년들

Rudolf Heinrich Zille
〈Boys Performing Handstands by a Mound of Sand Summer〉, 1898
24×30cm
Silver Gelatine Paper

하인리히 질레(1858~1929)

독일의 삽화가이자 사진작가로, 드레스덴 근처 라데부르크에서 태어나 어린 시절을 보
내고 베를린으로 이주, 열네 살에 학교를 졸업하고 석판화가의 견습생이 됩니다. 서민
들의 열악한 삶을 익살맞게 표현한 그림이 인기를 얻자 자기 작품은 재능이 아닌 열심
히 일한 결과이며 심지어 자신은 예술가가 아니라고 말했다고 합니다. 베를린 분리파
전시에 초대받아 그들의 지지를 얻으며 본격 작업을 시작했고, 그의 사진들은 초기 모
더니즘의 징표이자 도시 삶의 기록으로 중요합니다.

이 세상을 번쩍 들어 올리던
그때를 기억하나요?
우리가 함께 뜀박질하던 그때,
우리가 두려움이란 걸 알지 못하던 그때.
학교 운동장 지나
마을 우물을 지나
좁은 골목을 따라
소릴 질러대며 달음박질치던 그때를.
마을 어귀에서 우릴 기다리던 모래무지를 향해
약속이나 한 듯 몰려들곤 했던 그때의 우리를.
누가 먼저 시작한 걸까요.
하나, 둘, 셋 누군가의 구령에 맞춰
우린 세상을 번쩍 들어 올리곤 했습니다.
빙글, 세상이 돌고,
하늘이 땅이 되고 땅이 하늘이 되어버렸죠.
누가 먼저 시작했을까요.
킥킥, 웃음이 번져 가는 바람에
간신히 들어 올린 세상을 놓쳐 버리는 일도 많았습니다.
한참을 모래 위에 뒹굴면서 웃음을 토해내던 그때….
그때, 우린 행복했는지 모릅니다.
그 기억을 더듬는 것만으로도 빙긋, 미소 지어지는 걸 보면.
그래요, 산다는 게 그렇게
어려운 것만은 아닌지 모릅니다.
물구나무서기로 세상을 바라보면
어느새 내 호주머니 속 두려움들이 투둑, 떨어져 나갈 테니까요.

무대 뒤에서

Robert Demachy
〈Behind the Scenes〉, 1904
19.3×9.6cm
Gum Bichromate Print

로베르 드마시(1859~1936)

프랑스의 부유한 은행가 집안에서 태어났으며 아마추어 사진가로 출발해 회화주의 사진을 주도하는 작가로 성장, 국제살롱 '이어진 고리'를 통해 매년 전람회를 개최했습니다. 사진의 기계적인 재현은 인간의 생각이나 마음에 어떤 느낌을 전하는 예술성에 전혀 도움이 되지 않는다고 생각해 중크롬산 고무인화법을 개발함으로써 화가가 붓으로 그린 그림처럼 톤과 음영을 조절, 파스텔화 효과를 내서 인상주의 회화 분위기가 나는 사진을 만들었습니다.

아무도 보는 사람이 없습니다.
무대 위에서의 팽팽한 긴장도
잠시 풀어놓을 수 있는 시간.
들릴 듯 말 듯 가벼운 콧노래를 부르면서
다른 이의 시선을 벗어난 자유를
당신은 즐깁니다.
무대 위에서가 아닌 이런 모습이
어쩌면 당신의 진정한 아름다움이겠지요?
흐트러진 부분은 혹시 없었는지
주름 하나하나까지 돌아보면서
당신은 당신 마음을 들여다봅니다.
처음 무대에 서기 전의 당신 마음,
무대 위에서, 그리고 무대를 내려오면서
당신 마음을 스치고 지나간 생각들을 정리하며
당신은 처음, 가슴 설레던 그 첫 무대를
떠올리고 있는 지도 모르겠습니다.

혼자 있는 방….
아무도 바라보는 이 없는 그 곳에서
당신은 어떤 마음으로 어떤 생각을 길어 올리시나요?
아무도 보는 이 없는 무대 뒤에서 당신은 어떤 모습입니까?

화가 아들의 초상

Erik Eero Nikolai Järnefelt
〈Portrait of the Artist's Son〉, 1897
38×51, 5cm
Gouache on Paper

에로 예르네펠트(1863~1937)

핀란드의 대표적인 사실주의 화가입니다. 러시아와 핀란드의 국경지대인 비보르크에서 태어났으며 아버지는 유명한 장군이었습니다. 헬싱키 미술 아카데미·러시아 상트페테르부르크 미술학교에서 공부한 뒤 파리로 건너가 줄리앙 아카데미에서 공부를 계속했고 외광파와 자연주의 회화에 영감을 받아 핀란드의 자연과 사람들의 삶을 묘사했습니다. 형 아르비드는 극작가, 남동생 아르미스는 작곡가였으며 여동생 아이노는 세계적인 작곡가 시벨리우스의 아내입니다.

당신은 알고 있나요?

당신 앞에 서면 누구든 솔직해질 수밖에 없다는 걸.

당신의 검은 눈동자를 가만히 들여다보고 있으면

최면에라도 걸린 듯

솔직하게 마음을 드러낼 수밖에 없다는 걸.

'난 모두 알고 있어요.'

당신의 눈빛은 언제나 이렇게 얘기합니다.

'참지 말아요. 마음이 하자는 대로 몸을 맡겨요.'

순간 흠칫, 하는 나의 눈빛을 당신도 보았겠지요?

숨기려 했지만 언제나 당신에겐 들켜버리고 맙니다.

그래서 마음의 짐도 잠시 내려놓고, 쉬어갈 수 있습니다.

'괜찮다, 괜찮다, 다 괜찮다'고,

해맑게 웃는 당신을 따라 한바탕 웃어버립니다.

어쩌면 당신도

모든 걸 알고 있을 거라는 생각이 들 때가 있습니다.

모두 알고 있으면서 시치미를 떼고 있는 거겠지요.

천사 같은 당신의 미소와 음악보다 고운 목소리,

꽃잎보다 보드라운 당신의 손길로

모든 걸 어루만지고 있는 거겠지요.

내 기억의 깊은 구멍 속을 휘휘 젓다 보면

언뜻언뜻 그때의 나를 만나기도 합니다.

어쩌면 당신과 참 비슷했던 나를.

그렇게 세상에 시치미를 떼던 나를.

이렇게 다 커버린 나를 지켜보고 있는 또 다른 나를.

13페이지

유희경
〈Page 13〉, 2008
70×70cm
Mixed Media on Canvas

유희경(1965~)

한국 현대 판화가 협회 회원으로 대학에서 서양화를, 대학원에서 판화를 전공한 뒤 회화와 판화를 접목한 독특한 스타일의 작품을 선보여 왔습니다. 자신의 작품에 '여러 가지 일에 손대기'라는 뜻의 프랑스어 '브리콜라주'란 이름을 붙인 그녀는 그때그때 주어지는 잡지나 광고포스터, 사진 같은 재료들을 활용해 회화 같은 판화, 판화 같은 회화 작업을 활발하게 하고 있습니다.

우리는 어쩌면 영원한 이방인인지 모릅니다.
바로 곁을 지나쳤음에도 서로 알아보지 못하는 우리는,
어쩌면 영영 서로 다른 세상을 살아가는 이방인인지 모릅니다.
매일 오가는 거리가 문득 낯설게 여겨지는 건
매일 만나는 당신 모습이 문득 낯설게 다가오는 건
아직 우리가 자기만의 울타리 안에서 서로를 향해
애타는 손짓만 하고 있기 때문인지 모릅니다.

조금만 용기를 내어 성큼
울타리 밖으로 나섰더라면 달라졌겠지요.
날 향해 손짓하는 당신의 세상 속으로 성큼
들어섰더라면 우린 많은 추억을 함께할 수 있었겠지요.
거리를 걸으며 이방인의 외로움에 옷깃을 세우지 않아도
당신 닮은 뒷모습에 멍하니 길 위에 서 있지 않아도
오래 전에 본 영화 속 한 장면에 나의 슬픔을 겹쳐 놓고
아닌 척, 살아가지 않아도 괜찮았을 뻔했지요.

그래요, 나는 여전히 당신의 뒷모습을 지우지 못합니다.
내게서 멀어지고 있는 당신의 뒷모습을 보면서
당신이 멀어지고 있다는 걸 알고 있으면서도
나는 그것이 내게 일어나는 일이라는 걸 믿지 못합니다.
달려가 잡지 못합니다.
이렇게 당신 뒷모습이 또렷이 내 마음에 새겨질 것을 알면서도
나는 그렇게 당신을, 당신의 뒷모습을 보내고 맙니다.
이 도시의 이방인으로 남을 것을 알면서도.

삼각돛 말기

Henry Scott Tuke
Stowing the headsails, 1914
17.7×26cm
Watercolor

헨리 튜크(1858~1929)

영국 요크 지방의 대대로 유명한 정신과의사 집안에서 태어나 가업을 이은 형과 달리 어
려서부터 그림 쪽으로 진로를 잡았습니다. 콘월의 바닷가 마을 팰머스로 이사해 자랐
으며 이탈리아·프랑스에서 그림을 공부한 후 팰머스로 돌아와서 고기잡이배를 개조해
살면서 작업했습니다. 파리에 머무는 동안 오스카 와일드 같은 문인들과도 어울렸으며
팰머스의 햇빛 쏟아지는 바다와 소년들의 빛나는 육체, 해수욕과 낚시하는 남성들, 배
를 즐겨 그렸습니다.

바람이 불면
내 가슴도 부풀어 오릅니다.
수면 위로
미끄러지듯 달려 나갈 배 한 척을
머릿속에 그려봅니다.
청년들은
두려움 없이 돛대를 타고 올라
하얗게 빛나는 돛을 펼치고
이제 막 항해를 시작한 커다란 배가
그 흰 돛에 기대
서서히 망망대해로 나아갑니다.
묶여 있던 돛이
아래로 펼쳐지는 순간
돛은 바람에 터질 듯 팽팽해지고
한 번도 가보지 못한 세상,
평생을 꿈꿔온 미지의 세계가
코앞에 다가온 듯
가슴이 설레기 시작합니다.
저 너른 바다 너머에서 손짓하는
그 무엇을 향해
우리는 나아갑니다.
바람이 불면
늘 앞장서서
그 높은 돛대 끝에 오릅니다.
불어오는 바닷바람에 맞서
눈을 가늘게 뜨고
바다 너머의 또 다른 세상을 꿈꿉니다.

호숫가의 늙은 염소

Jan Mankes
〈An Old Goat by the Lake〉, 1913
Oil on Canvas

얀 만케(1889~1920)

네덜란드 북동부 메펠에서 태어나 문화의 중심에서 멀리 떨어져 고립된 채 독자적인 화풍을 발전시켰으나 결핵에 걸려 서른 살에 요절했습니다. 네덜란드의 풍경과 새·동물들을 세밀하게 그려냈는데 몽환적인 느낌의 배경을 더해 독특한 인상을 주며 특히 올빼미와 염소를 자주 그렸습니다. "나는 그림으로 표현하기를 원한다. 고요함, 그리고 진정한 고요함으로 완성되는 노래를."이란 그의 말에서는 금욕적인 분위기가 풍깁니다.

때때로 나는 이곳에 섭니다.
하늘빛과 물빛이 만나는 곳.
저 멀리 지평선까지 한눈에 들어옵니다.
나는 눈을 가늘게 뜨고 세상을 바라봅니다.
그러면 전에는 보이지 않던 것들이
눈에 들어오는 일도 있습니다.
그런다고 해서 뭔가 크게 달라지는 건 아닙니다.
그저 어제는 알지 못했던 것을
오늘 알게 됐다는 작은 기쁨.
그렇게 기분이 좋아지면
홀로 콧노래를 흥얼거리기도 합니다.
어린 시절부터 목에 달렸던 작은 방울이
이젠 어디로 갔는지 보이지 않습니다.

늙어빠진 염소 한 마리가 가봐야 어디까지 가겠느냐고
사람들은 말하더군요.
갈 수 없어서가 아니라
가지 않아도 괜찮겠다…, 생각한다는 걸
그들은 알지 못합니다.
여기에 서면, 이 자리에 올라서면
저 멀리 들판까지 한눈에 들어옵니다.
이른 아침 동이 트고 해질녘의 노을 지는 모습까지
그렇게 흘러가는 시간과 풍경들을 바라볼 수 있습니다.
아웅다웅 사람들의 관심사와 비교할 수 없는
거대한 자연의 품에 안겨서
한세상, 살아간다는 것이 무엇인지를 조금씩 깨달아갑니다.

올드 베드포드의 미니 커닝햄

Walter Richard Sickert
〈Minnie Cunnigham at the Old Bedford〉, 1889
76.2×66cm
Oil on Canvas

발터 지커트(1860~1942)

독일 뮌헨의 덴마크-영국계 가정에서 태어났으며 여덟 살 때 온 가족이 영국으로 이주한
후 제임스 맥닐 휘슬러의 가르침을 받았고 파리에서 만난 드가의 영향으로 연극에 대한
애정을 발휘, 극장과 버라이어티 쇼의 장면들을 즐겨 그렸습니다. 프랑스 인상주의의 전
통을 보다 엄격한 형태로 영국에 선보여 런던 인상주의 화가로 불리며, 인상주의와 더불
어 사실주의적 정신을 그림에 반영해 당시 현실의 우울을 담은 작품들이 많습니다.

아무리 깊은 어둠이라 한들 내 당신을 놓칠 수 있겠습니까.
아무리 먼 거리라 한들 내 당신을 놓을 수 있겠습니까.
당신을 처음 알게 된 순간
비를 부르는 구름처럼, 태양을 따르는 해바라기처럼
나는 당신을 향한 안테나 하나 간직하게 되었습니다.
여러 사람 사이에서도 반짝이는
당신의 모습에 반응하는 가슴을 갖게 되었습니다.
당신이 있는 곳이라면 어느 곳이든
단번에 달려갈 수 있는 다리를 갖게 되었고
당신이 원하는 것이라면 무엇이든
당신께 바칠 수 있는 두 팔을 갖게 되었습니다.
당신은 홀로 거니는 것을 좋아하고,
그렇게 혼자 외로움을 견디며 가끔은 미소 짓기도 한다는 것도,
저 멀리, 끝을 알 수 없는 곳을 바라보며
눈물짓는 일이 있다는 것도 나는 이제 알게 되었습니다.
그렇게 당신을 알아가고, 그렇게 내 안에 당신을 채워가지만
나는 여전히 당신의 마음만은 알 수가 없습니다.
당신은 무슨 생각을 하는지,
당신은 대체 어디를 바라보고 있는지,
당신 안에는 누가, 무엇이 들어있는지 알 길이 없습니다.
오늘도 당신의 반짝임에 눈이 먼 채로
당신을 바라보고, 바라보고, 바라보고
당신이 떠나고 난 뒤 그 자리에 남은
당신의 흔적마저 사라질 때까지 하염없이 지켜보고 서 있습니다.

*미니 커닝햄은 지커트가 동경하던 1890년대 인기 있는 뮤직홀 가수로, 이 그림을 전시할 때 그녀
의 노래 가운데 하나인 '나는 어리지만 사랑에는 익숙해요(I'm an old hand at love, though I'm
young in years)'를 부제로 인용했음.

환등기

Ferdinand du Puigaudeau
〈The Magic Lantern〉
Oil on Canvas

페르디낭 뒤 퓌고도(1864~1930)

프랑스 낭트에서 태어나 파리와 니스의 여러 기숙학교에서 전형적인 교육을 받았으며 열
여덟 살에 이탈리아와 뒤니지를 여행하며 화가가 되기로 결심했습니다. 고갱·라발과
함께 파나마·마르티니크로 갈 계획을 세웠으나 육군 소집으로 떠나지 못했습니다. 몇
년 뒤 브르타뉴의 퐁타방으로 가서 작품 활동을 했으며 이후 베니스와 프랑스 여러 지
역을 다니면서 아름다운 풍경을 그림에 남겼고 국립미술협회 전시회에 참여하고 개인전
을 여는 등 활발하게 활동했습니다.

나는 눈을 뜨고 꿈을 꿉니다.
그곳에 내가 바라던 풍경이 펼쳐져 있습니다.
따스한 불빛 속에
오래도록 그립던 풍경들이
손에 잡힐 듯 펼쳐집니다.
가만 귀를 기울이면
찰랑이는 물소리에 섞여
귓가에 속삭이던 당신 목소리가
함께 들려옵니다.
눈 감으면 한순간에 사라질까 두려워
두 눈을 크게 뜨고
그 풍경을 마음에 새겨봅니다.
숲 속 한 그루, 한 그루의 나무를
눈빛으로 쓰다듬으면서
강물에 이는 물결을
마음으로 매만지면서
환상처럼 나타난 내 마음의 고향을
오랫동안 들여다봅니다.

나는 눈을 뜨고 꿈을 꿉니다.
나는 이곳에 서서
먼 그곳의 풍경을 마음에 담았고
그 어딘가에 있을 당신을,
당신의 목소리를 되살려냅니다.
마음 따스해지는 풍경,
그 그리움 속에서 오늘 밤을 지새웁니다.

가을 낙엽

Isaac Ilych Levitan
⟨Autumn Leaves⟩, 1879
10×14cm
Oil on Cardboard

이삭 레비탄 (1860~1900)

지금은 리투아니아가 된 러시아 지역의 가난하지만 교육 받은 유대인 가정에서 태어났습니다. 열 살에 모스크바로 가족이 이사하여 형과 함께 러시아 미술학교를 다녔으나 도중에 부모님이 돌아가시는 바람에 장학금을 받아 어렵게 공부했습니다. 1889년 파리에서 리얼리즘 회화에 빠졌고 이후 유럽을 여행하며 독특한 풍경화를 그렸습니다. 특히 러시아 자연을 서정 넘치는 풍경화로 담아내 사람들의 눈길을 모았고 극작가 체홉과 친교를 맺고 가깝게 지냈습니다.

지난 시간들을
곰곰이 되돌아봅니다.
알록달록 행복했던 기억들을 골라
내 몸을 물들이고,
바람 따라 가벼이 세상을 여행합니다.
때로 그대 그리워
마음 정하지 못한 채
이리저리 서성입니다.
이른 새벽이슬에
당신의 눈물인가, 깨어납니다.

내 안에 남은 물기,
조금씩 말라갑니다.
바스락, 메마르고 나면
당신 향한 그리움도 스러지리라
마음 내려놓습니다.
바스락 바스락 허공의 먼지가 되어
바람처럼 먼 길 떠나도 좋으리라
마음을 거둡니다.
바람 따라 세상을 떠도는 동안
어쩌면 당신 소식
들을 수 있으리라고,
그러면 따스한 훈풍이 되어
남몰래 미소 지을 날도 있으리라고.

티 세트

Claude Oscar Monet
⟨The Tea Set⟩, 1872
Oil on Canvas

클로드 모네(1840~1926)

프랑스 파리에서 태어나 항구도시 르아브르에서 자랐으며 그곳에서 기초 화법을 배운 뒤 열아홉 살에 파리로 건너가 여러 화가와 사귀며 공부를 계속했습니다. 1870년 보불 전쟁 때 런던으로 피신하여 영국 풍경화파의 작품들을 접했고 귀국 후 파리 근교 아르 장퇴유에 살면서 인상주의 양식을 만들어나갔습니다. 이후 지베르니로 옮기고서는 연못에 떠 있는 연꽃을 그리는 데 몰두했습니다.

이른 가을 아침,
따스한 기운과 함께
차 향기가 방안을 감돕니다.
잠을 이루지 못할 만큼
마음을 괴롭히던 생각들이
그 향기에 취해 조금씩 지워지고
또르르르
눈물 한 방울이 되어
마음을 비웁니다.

어느샌가 말없이
찻잔을 비우고 떠난 당신에게
하고픈 말들이 참 많았습니다.
아직 찻잔에 남은 온기가
당신이 남기고 간 빈자리가
당신을 대신해서
내 이야기에 귀 기울여줍니다.
언젠가 우린 다시 마주하게 되리라고
그 따스한 온기가
그 고운 향기가
나를 위로합니다.

찻잔의 투명한 물빛이
내 마음을 비춥니다.
마음을 부유하던 생각들이
차분하게 가라앉고
나는 찻잔의 고요 속에 잦아듭니다.

카니발의 저녁

Henri Rousseau
⟨A Carnival Evening⟩, 1885~1886
Oil on Canvas

앙리 루소(1844~1910)

프랑스 라발에서 가난한 함석공의 아들로 태어나 스무 살에 입대, 군악대에서 클라리넷을 연주했으며 4년 뒤 아버지의 사망으로 제대했습니다. 파리의 세관원으로 일하면서 독학으로 그림을 시작하여 마흔한 살이던 1885년 살롱 드 샹젤리제에 출품했습니다. 현실과 환상을 교차시킨 독특한 그의 작품은 처음엔 비웃음을 샀지만 말년에 피카소·아폴리네르 등이 주목하면서 인정받았고, 지금은 현대 원시예술의 아버지로 평가받습니다.

신비한 숲의 어둠이
우리에게 손짓합니다.
푸르스름한 달빛의 정령이 우릴 감싸고,
푹신한 흙 위엔
작은 발자국만이 남습니다.
온 세상이
숨죽이며 기다리는 밤의 열차.
아직 닿지 않은
밤의 열차를 기다리는 동안
어둠이 푸른 물결처럼 밀려오는 모습을
가만히 바라봅니다.
손끝에서 느껴지는 당신의 작은 떨림은
축제를 기다리는 설렘인가요?
어둠이 깊어갈수록
당신의 커다란 눈동자에는 반짝임이 더해갑니다.
이제 축제를 알리는 나팔 소리가
길게 저 숲의 나무 위로 퍼져 오르면
사람들을 가득 실은 밤의 열차가
짙은 구름을 내뿜으면서 바로 여기에,
당신과 나의 기다림 끝에, 멈춰설 겁니다.
당신의 떨림은 흥겨운 리듬이 되어
이 밤을 흔들겠지요.
내 곁에 선 당신,
당신과 함께할 축제의 밤.
그 밤을 기다리는 행복한 순간입니다.

술 마시는 대장장이들

Jean-Francois Raffaelli
〈Blacksmiths taking a Drink〉, 1884
77×57cm

장 프랑수아 라파엘리(1850~1924)

프랑스 파리에서 태어났으며 음악과 무대에 흥미를 느껴 배우로 무대에 섰으나 스무 살에 미술교육을 전혀 받지 않고 그린 풍경화가 살롱전에 전시돼 화가의 길에 들어섰습니다. 뒤늦게 에꼴 데 보자르에서 그림공부를 한 뒤 노동자들의 생활상, 파리 거리와 풍경을 주로 그렸으며 독자적인 점묘법과 캐리커처를 떠오르게 하는 화풍에 검은 색을 즐겨 썼습니다. 인상주의 화가들의 판화 제작에도 힘썼고 조각가로도 활동했습니다.

뜨거운 불꽃 앞에서 보낸
청춘을 위해 한 잔,
이른 아침부터 밤까지
쉼 없이 흘린
땀방울을 위로하며 한 잔,
거칠고 고되지만,
단 한순간도 우릴 속이지 않는
그 단단하고 정직한
철물들을 위해 한 잔.
독한 술 한 잔에
피로를 지우는
대장장이 사내들의
굵은 힘줄과 붉어진 얼굴 위로
저 멀리서 불어온 바람이 스쳐갑니다.

뜨거운 열기 앞에서
시간을 달구고
마음을 달구고
세상을 달궈가며
가슴 속에 뜨거운 불꽃을 품는
대장장이의 꿈.
영원히 변치 않을
희망의 연장을 벼리는
그 손끝에 힘이 실립니다.

좋은 저녁

Caspar David Friedrich
〈Evening〉, 1824년 경
53.34×63.5cm
Oil on Canvas

카스파르 프리드리히(1774~1840)

독일 그라이프스발트에서 태어나 덴마크 코펜하겐에서 공부한 뒤 독일로 돌아와 드레스덴에 정착, 드레스덴 미술학교에서 교편을 잡고 작업을 계속했습니다. 순수한 독일 낭만주의 회화를 대표하는 작가로, 가을·겨울·새벽·안개·월광 등의 소재를 자신만의 정적인 풍경으로 담아냈습니다. 한때 사람들의 기억 속에서 잊혔다가 20세기 초부터 재평가되기 시작해 지금은 19세기 전반의 가장 뛰어난 화가 가운데 한 사람으로 꼽힙니다.

휘장을 드리운 듯
겹겹이 펼쳐진 풍경 속에
가만히 스며들고 싶습니다.
한 걸음 가까이 갈 때마다
달라지는 저녁 풍경이
고요히 마음에 다가옵니다.

저 멀리로 스러져 가는 햇살이
아스라이 작별 인사를 건네고,
햇살을 등진 첨탑의 그림자가
조금씩 선명해집니다.
붉은빛·황금빛·보랏빛…
차례로 변해가는 하늘빛 아래
성큼성큼 다가드는 푸른 어둠이
부드럽게 나를 감싸고,
마치 요람에라도 누운 듯 편안하게
저녁 시간 위에 몸을 뉘입니다.

먼 풍경에서 시선을 거두다
서로 마주친 눈빛 사이에
따스한 미소가 오가는 저녁,
저 먼 풍경을 두 눈 가득 담고
불 밝힌 가정을 향해
걸음을 옮기는 저녁,
그 따사로운 시간이
당신의 것이기를 바랍니다.

램버트빌에 있는 시냇가의 집

Joseph Pickett
〈Houses by a Stream Lambertville〉
30.48×40.64cm
Oil on Canvas

조셉 피켓(1848~1918)

미국 펜실베니아주 뉴호프에서 태어났습니다. 축제가 열리는 곳을 따라 여행하고 축제 장식을 맡아 하면서 그림의 기초 경험을 쌓았습니다. 뉴호프에 정착한 뒤에는 가게를 열고 대형벽화 작업과 집 외벽을 장식하는 일을 했습니다. 모래와 조개껍질 같은 다양한 재료들을 이용한 입체적인 표현을 즐겨 썼으며 그림자를 피하고 밝은 색상을 활용하는 등 자신만의 독특한 방식을 담아냈습니다.

그대 가까이 머물고 싶습니다.
흘러가는 냇물 소리에 함께 귀 기울이고,
푸른 새잎이 나고
낙엽 지는 모습을,
흘러가는 시간을
아무 말 없이 함께 바라보고 싶습니다.

문득 그대 보고파지는 날이면
발목 적시는 냇물을 건너
그대 머무는 창가를 기웃거릴 수도 있겠지요.
차마 문 두드릴 용기는 내지 못 해도
창가에 어린 그대 그림자만으로도
입가에 미소 지을 수 있을 겁니다.

그대와 같은 하늘 아래,
같은 공기를 호흡하며
같은 자연을 누릴 수 있다면
내 한 몸 누일 수 있는
작은 오두막이어도 좋습니다.

환히 밝힌 그대의 창을 별빛 삼아
내 마음을 밝히고,
창밖에 흐르는 냇물소리를
그대의 노래로 여기면서
그대를 그리며 살아가도 좋습니다.
그대 가까이 머물 수만 있다면.

노란색과 푸른색

Frederick Carl Frieseke
〈Yellow and Blue〉, 1911년 경
80.01×64.77cm
Oil on Canvas

프레드릭 칼 프리스크(1874~1939)

미국 미시간주의 오위소에서 태어난 인상주의 화가로, 할아버지는 독일에서 온 이민자였습니다. 시카고 미술학교와 뉴욕시 학생미술학교에서 미술수업을 받았고 르누아르에게서 많은 영향을 받아 풍경화보다 여성의 초상을 자주 그렸으며 데뷔 초기부터 국제적인 미술상을 수상, 명성을 얻었습니다. 1906년부터 1919년까지 모네가 살던 지베르니에서, 그 후에는 노르망디에서 사는 등 생의 대부분을 프랑스에서 지냈습니다.

당신에게 간다는 것은
얼마나 큰 용기가 필요한 일인지
하루 종일 뛰는 가슴을
얼마나 다스려야 하는 일인지….
당신과 내가
서로 다른 세상을 살고 있다는 걸
왜 이렇게 늦게 깨달았는지,
바라보기만 할 때는 알지 못했던 삶의 경계가
이렇게 단단한 것이었음을 이제야 실감합니다.
당신은 그저 말없이
그 그늘 안에서 눈빛을 반짝일 뿐
환한 햇살 아래로 이끄는 나의 손길조차 거부합니다.
나는 그런 당신을 향해
한 걸음씩 다가가고 있어요.
당신과 내가
손을 맞잡을 수만 있다면
우리 눈앞을 가로막는 그 단단한 경계를
지워버릴 수 있지 않을까요?
빛과 그림자가 섞이고 경계가 흐트러지는 그때,
오랫동안 우릴 갈라놓은 것은
어쩌면 그저 우리 눈의 착각일 뿐이었다고
웃으며 말할 수 있지 않을까요?
그 먼 길을 돌고 돌아 당신에게 온 나를 밝혀줄
당신의 햇살 같은 미소를 간절히 소원해봅니다.

바느질 학교

Constant Mayer
〈The Sewing School〉
104.14×124.46cm

콩스탕 메이어(1832~1911)

프랑스 브장송에서 태어나 파리의 에꼴 데 보자르에서 공부했습니다 스물다섯 살에 뉴
욕으로 건너가 맨해튼의 사진 스튜디오에서 색채전문가로 일하다가 얼마 후 자기만의
작업실을 열고 문학을 바탕으로 한 장르화와 역사화로 이름을 알렸습니다. 미국 시민
권을 얻은 뒤 프랑스와 미국을 오가며 작품 활동을 했고, 30대 중반 뉴욕 국립 디자인
아카데미 협회의 회원으로 선출됐으며 프랑스로부터는 레종도뇌르 훈장을 받았습니다.

당신 손이 닿으면 세상이 달라졌습니다.
우린 매일매일
당신이 펼쳐 보이는 마술에 빠져들었죠.
당신의 그 작고 투명한 손이
만들어내는 또 하나의 세상.
당신의 부드러운 손길이 빚어내는
아름다운 빛깔의 조화.
흩어져 있던 세상의 조각들을 모아
당신은 아무도 꿈꾸지 못한 당신만의 세계를 그려내곤 했습니다.

창가에 둘러 앉아
작은 손을 움직이며 나눈 이야기들은 또 얼마나 많았는지.
누군가의 실수가 모두를 웃게 했고
한 방울의 눈물에 소리 죽여 흐느끼곤 했습니다.
하루하루 쌓여간 우리의 시간들
우린 어쩌면 그 시간들을 깁고 있었는지도 모릅니다.
서로 가슴에 안고 있던 상처들을
그 시간 속에서,
그 작은 손놀림으로,
귓가에 속삭이던 이야기들로 치유하고 있던 겁니다.
당신의 꿈이 바로 나의 꿈이고
당신이 펼쳐보인 세상 속에 우린 살고 있었으니까요.
아직도 가끔
햇빛 쏟아지는 창가에 서면
그 햇빛을 향해 두 손을 펼쳐보곤 합니다.
우리의 작은 손이 기워내던
그 아름다운 추억의 조각들을 다시 만날 수 있지 않을까, 하고.

레덴토레 축제

Maurice Prendergast
⟨Festa del Redentore⟩, 1899년 경
27.94×43.18cm
Watercolor

모리스 프렌더개스트(1859~1924)

캐나다 세인트존스에서 태어나 보스턴에서 자랐으며 서른 살까지 정식 미술교육을 받지 않다가 서른두 살에 파리 줄리앙 아카데미에 입학, 화가로서의 길을 걷기 시작합니다. 마네와 휘슬러·세잔과 나비파 화가들·보나르에게서 영감을 얻고 미국으로 돌아와 인상주의 화가이자 삽화가·디자이너·수채화가·판화가로도 활동했습니다. 일상의 풍경을 채색하는 데 관심을 갖고 8인회의 일원이 되어 세련되고 서정적인 표현력으로 자신의 세계를 개척했습니다.

* '레덴토레 축제'는 이탈리아에서 매년 7월 셋째 주말에 열리는 축제로 산마르코 운하 선착장부터 귀데까 섬의 레덴토레 성당까지 400미터를 배로 다리를 놓아 건너가는 행사임. 16세기 후반 페스트가 잦아든 것에 감사하며 총독이 성당을 방문한 것을 계기로 400년간 계속되고 있으며, 배에 불을 환히 밝히고 밤새 흥겨운 음악과 불꽃놀이가 이어짐.

자, 어서 내 마음으로 건너오세요.
자유로이 세상을 떠돌던 외로운 영혼들이
서로 어깨를 기대는 밤입니다.
까마득하게 멀게만 느껴지던 저 밤하늘도
잇닿은 마음과 마음으로 이어져 있습니다.

자, 당신 마음에 불을 붙이세요.
세상에 스며든 어둠을 밀어내고,
환한 미소를 짓는 밤입니다.
당신과 나의 마음이 다리가 되어
닿을 수 없을 만큼 멀어진 연인들을 이어줍니다.

축제의 밤….
가장 먼저 불 밝힌 이는 누구인가요?
가장 늦게까지 이 세상을 밝힐 이는 누구인가요?
밤하늘의 별빛이 쏟아져 내린 듯
수면 위를 수놓은 작은 등불이,
당신의 마음이, 내 마음이,
끝없이 이어져 물을 따라 흘러갑니다.
당신 마음에 불을 켜 저 수면 위에 띄워줄 누군가,
당신 마음의 별을 저 밤하늘 위로 쏘아 올려줄 누군가를
아직 만나지 못하셨나요?
마음과 마음이 이어진 저 불꽃의 끝 어딘가에서
그 또한 당신을 기다리고 있을 겁니다.

로지 주변의 둥근 원

Edward Potthast
⟨Ring around the Rosy⟩
62,87×76,84cm
Oil on Canvas

에드워드 포트허스트(1857~1927)

미국 신시내티에서 태어나 일찍부터 석판화 기술을 배웠습니다. 디자인 아카데미에서 공부한 후 스물다섯 살이던 1882년 앤트워프를 거쳐 뮌헨으로 가서 로열 아카데미를 다니며 유럽을 여행하다 파리에서 인상주의의 영향을 받습니다. 1892년 뉴욕에 돌아와 정착한 후 성공적인 작품 활동을 이어갔는데, 주로 야외에서 그림을 그렸으며 센트럴 파크나 해변에서 휴식을 취하는 뉴요커의 모습을 즐겨 담았고, 그의 해변 그림들은 햇빛과 밝은 색상들로 가득 채워져 있습니다.

손을 내밀어요,
그 손을 잡아주세요.
서로 잡은 손으로
둥글게 둥글게, 마음을 전합니다.
이제 막 세상에 발을 디딘 서툰 발걸음이,
세상을 향한 설렘과 두려움이,
지치고 힘든 비틀거림이
그 잡은 손에서 전해집니다.

내가 처음 세상에 나섰을 때
내가 세상 속에서 상처받았을 때
잊을 수 없는 그 마음들이
저 깊은 기억 속에서 새록새록 고개를 듭니다.
그때 누군가 내밀던 따스한 손의 온기가
다시 한 번 마음을 스쳐 지나갑니다.

때로는 그 비틀거림이 너무 커서
모두가 휘청거리기도 했지만
혼자가 아니었기에
우린 하나였기에
금세 균형을 잡을 수 있던 그때.
서로서로 손을 잡아 하나가 되는 그 순간,
둥글게 둥글게, 마음을 전하던 그 순간이
우리 삶의 가장 빛나던 순간임을
우린 기억합니다.

오찬

Edouard Manet
〈The Luncheon〉, 1868
118.11×153.99cm
Oil on Canvas

에두아르 마네(1832~1883)

프랑스 파리에서 법관의 아들로 태어나 집안 반대로 붓을 잡지 못하다 1850년에야 화가 쿠튀르 아래서 그림을 시작했지만 아카데믹한 분위기에 갑갑함을 느껴 루브르 미술관에서 고전회화를 베껴 그리며 실력을 쌓았습니다. 1861년 살롱전 입상 후 낙선을 거듭하지만 〈풀밭 위의 점심〉〈올랭피아〉 같은 작품이 비난과 동시에 주목을 끌며 피사로·모네 같은 청년화가들의 뜨거운 지지를 받았습니다. 전통과 혁신을 이어주는 역할을 했으며 인상주의 탄생의 바탕을 만들어줍니다.

당신에게서 내 모습을 봅니다.
언제나 먼 곳을 응시하는 시선에서
무슨 일이 일어나도 상관없다는 듯한
무심한 표정에서
나는 당신을, 아니 나를 봅니다.

매 순간 반복되는 당신의 기다림 뒤에서
어느 순간 나는 깨달았습니다.
당신 역시 그 누군가가
오지 않을 사람이란 걸 잘 알기에
한 치의 흔들림 없이
그 자리에 서 있을 수 있다는 걸.
설렘 없는 그 오랜 기다림의 시간이
이젠 그 누구도 깨뜨릴 수 없는
당신의 일부가 되었다는 걸.

당신의 기다림이 길어질수록
나의 기다림도 길어지고
그 사이 우리 사이에는
영원히 만나지 않는
서로 다른 시간이 흘러가고 있다는 걸.

그 모든 걸 알지만
결코 멈출 수 없는 기다림의 시간.
그렇게 우리의 인생도 흘러가버리고 만다는 걸.

스카겐 해안의 어부들

Peder Severin Krøyer
⟨Fishermen on the Beach at Skagen⟩, 1891
123×225cm
Oil on Canvas

페더 세버린 크뢰이어(1851~1909)

노르웨이 스타방에르에서 태어났으나 정서적으로 불안한 어머니를 떠나 덴마크 코펜하겐의 양부모 아래에서 자랐습니다. 아홉 살부터 그림개인교습을 받기 시작, 덴마크 로열 아카데미에서 장학금과 금메달을 받으며 공부했고 스무 살에 데뷔합니다. 유럽여행 중 파리에서 모네·드가·르느와르 같은 인상주의의 영향을 받았고 덴마크 스카겐 화가들의 리더로 죽기 10년 전부터 시력을 잃어가면서도 붓을 놓지 않았습니다.

바다와 바다가 만났습니다.
물결치는 바다와 물결의 흔적을 간직한 바다….
하염없이 펼쳐진 드넓은 모래해변은
흔들림 없는 또 다른 바다가 아닐런지요.

바다의 경계를 오가며
소식을 전하는 연락선처럼
뭍의 사나이들이 하나둘
배에 몸을 싣습니다.
푸른 바다를 향해 나아가 바다가 되는 사람들,
그들의 고향은 과연 어디인가요.

하늘과 바다와 뭍의 경계는 과연 어디일까요.
사랑과 추억과 그리움의 경계는 어디일까요.
끊임없이 밀려드는 이 감정의 정체는 무엇일까요.
끝이 보이지 않는 저 먼 어딘가
그곳에 서면, 이 모든 질문의 답을 얻을 수 있을까요.

연락선마저 떠나고 나면
다시 고요에 잠겨버릴
어둠 속에 잠겨버릴
어둠 안에서 서로 뒤섞일 혼돈 속에서
잃어버린 나를,
흩어진 내 감정을 다시 찾을 수 있을까요.

구름나무

Isaac Ilich Levitan
⟨Bird-Cherry Tree⟩, 1885년 경
Oil on Canvas

이삭 레비탄(1860~1900)

지금은 리투아니아가 된 러시아 지역의 가난하지만 교육 받은 유대인 가정에서 태어났습니다. 열 살에 모스크바로 가족이 이사하여 형과 함께 러시아 미술학교를 다녔으나 도중에 부모님이 돌아가시는 바람에 장학금을 받아 어렵게 공부했습니다. 1889년 파리에서 리얼리즘 회화에 빠졌고 이후 유럽을 여행하며 독특한 풍경화를 그렸습니다. 특히 러시아 자연을 서정 넘치는 풍경화로 담아내 사람들의 눈길을 모았고 극작가 체홉과 친교를 맺고 가깝게 지냈습니다.

당신을 향한 마음 산산이 흩어져
한 송이씩 꽃으로 피어납니다.
감추려, 감춰보려 했지만
이내 툭툭 터지고 말았습니다.
당신의 모습, 당신의 숨결 가까이로
가만히 내려앉았습니다.
해 뜨고 해 지는 모습 보면서 당신을 기다립니다.
당신이 오가는 길목, 그 자리에 앉아
가만히 당신을 기다립니다.
멀리, 당신 오는 모습이 보일까 자꾸만 발돋움을 해봅니다.
당신의 걸음이 멈출까,
당신의 시선이 향할까,
떨리는 마음 감춘 채로
하늘 향해 흰 날갯짓 펼쳐 보입니다.
오늘도 당신은 무심히 스쳐갑니다.
한 걸음 한 걸음,
멀어져 가는 당신의 걸음.
그 걸음을 세면서 당신의 모습 그려봅니다.
저 멀리 하늘엔 흰 구름이 떠갑니다.
당신 향한 마음 한 자리에 모으면,
둥실 하늘로 오를 수 있을까요.
당신 걸음 옮기는 자리마다
먼발치에서 따라갈 수 있을까요.
가끔씩 먼 하늘 바라보는
당신의 시선 끝에 머무를 수 있을까요.
그렇게 내 마음을 전할 수 있을까요.

나소의 담벼락

Winslow Homer
⟨A Wall, Nassau⟩, 1898
Watercolor and Graphite on Off-white wove Paper

윈슬로 호머(1836~1910)

미국 보스턴에서 태어나 석판화 공방의 견습생으로 일하다가 주간지의 삽화가가 되었고 남북전쟁의 종군화가로 이름을 얻었습니다. 밝은 색채와 광선을 중요하게 생각해 야외에서의 사생을 즐겼는데 삽화의 경험에서 비롯된 명확한 묘사로 독특한 작품 세계를 이뤘습니다. 40대 중반 영국의 외딴 항구도시에 2년간 머물며 바다에 매력을 느껴 귀국 후에도 바다를 배경으로 한 작품을 많이 남겼습니다.

나는 기억합니다, 당신을.
하루에도 몇 번씩 주변을 서성이던 당신 모습을.
어느 날엔가는 한참 내게 기대선 채
누군가를 하염없이 기다렸고,
어느 날엔가는 손가락 끝으로
누군가의 이름을 하염없이 써내려간 당신을.
당신이 적어 내려간 그 이름은
아무도 알아볼 순 없겠지만 나는 또렷이 기억합니다.
내 위로 몇 번씩이나 겹쳐지던 그 이름을.

언제부터일까요,
당신이 오지 않는 날이면 공연히 궁금해지기 시작했습니다.
햇살과 바람, 환한 달빛이면 충분했는데
언제부터인가 당신이 기다려졌습니다.
내게 기대오던 당신의 쓸쓸한 어깨를
낮 동안 품어둔 온기로 감싸주고 싶었고
내게 이마를 맞댄 채 흘린 반짝이던 눈물을
한낮의 햇살로 지워주고 싶었습니다.

아마도 그 이름,
당신이 수없이 써내려가던 그 이름 때문이겠지요.
당신은 텅 빈 담벼락을 하염없이 바라보다
끝내 홀로 돌아서고 말았지만
나는 아직도 기억합니다, 당신을, 당신의 모습을.
담벼락 위로 피어난 붉은 꽃잎보다
더 붉게 타오르던 당신의 마음을.

겨울 풍경

Giuseppe de Nittis
⟨A Winter's Landscape⟩, 1875
41.91×31.75cm
Oil on Canvas

주세페 데 니티스(1846~1884)

이탈리아 팔레타에서 태어났으며 나폴리 미술학교에 다니면서 사실주의 경향에 관심을 갖게 되어 야외에서의 빛의 연구에 몰두했습니다. 나폴리에 들른 이론가 체시오니와 알게 된 것을 계기로 피렌체로 건너가 동료화가들과 친분을 나눴으며 이듬해 파리로 가서 마네를 비롯한 인상파화가들과 교류하며 깊은 감명을 받았습니다. 인상파전에 참여하는 등 작업에 열심이었으나 갑작스런 발작으로 서른여덟 살의 나이에 생 제르맹 앙 레에서 세상을 떠났습니다.

어쩌면 그리워지겠지요.
온 세상이 희게 빛나던 그 오후를 문득 떠올리는 날이 있겠지요.
꿈인가 싶어 달려 나간 눈밭 위에
내 무게만큼의 깊이로 남겨지는 발자국을 보면서
나는 당신을 떠올립니다.
당신이 내 마음에 남겨놓은 발자국의
넓이와 깊이, 그 무늬를.

돌아오는 길에는
세상을 뒤덮은 그 하얀 눈더미 헤치며
먹이를 찾는 새들을 보았습니다.
새들은 지상에 오래 머물지 않고 포르르 날아가 버렸습니다.
새들이 떠난 자리, 그 눈밭 위에
하늘을 나는 새들의 무게는 별 흔적을 남기지 못했더군요.

사랑이 저 새들처럼 가벼웠더라면….
아무 흔적 남기지 않은 채 떠났더라면
얼마나 좋았을까요.
눈밭 위에 선명하게 찍힌 내 발자국을 볼 때마다
당신이 내 마음에 남긴 발자국들은 날로 깊어가
끝을 알 수 없는 벼랑처럼 위태로워집니다.

그래도, 어쩌면 그리워지겠지요.
흰 눈밭 위에서 당신을 떠올리던 이 순간조차
언젠가 그리워지겠지요.

실내 풍경

Jules Pascin
〈Interior Scene〉, 1910년 경
Oil on Canvas

쥘 파스킨(1885~1930)

옅은 색조와 독특한 소묘로 애수와 퇴폐 가득한 인물화를 즐겨 그린 표현주의 화가입니다. 불가리아 북서부의 항구도시 비딘에서 태어나 독일 뮌헨에서 회화를 공부한 후 프랑스 파리로 건너가 1920년대 파리 이방인 예술가들의 살롱에서 위트 있는 언변과 행동으로 '몽파르나스의 왕자'로 불리며 인기를 누립니다. 하지만 개인전을 여는 날 아침 아파트에서 목숨을 끊었으며, 그의 장례행렬에는 검은 예복을 입은 수많은 술집 바텐더들이 뒤따라 눈길을 모았습니다.

당신은 노을처럼 말이 없군요.
어느새 붉고 따스한 빛으로 온 방 안이 물들었습니다.
간간이 책장을 넘기는 소리만이
고요한 이 공간에
당신이 존재하고 있음을 알려줍니다.
그래요, 당신은 아무 말 없이
따스함을 전하는 재주를 가졌지요.
마주하고 있지 않아도 당신이 느껴집니다.
마음이 편안해지고,
내 손에 쥔 붓 자루에 힘이 들어갑니다.
오늘은 저 아름다운 노을을 담으려 합니다.
노을 역시 당신처럼 말이 없습니다.
멀리 있어도 바라보는 것만으로 따스함을 느낄 수 있고,
바라보지 않아도 어느새 내 곁에 스며들지요.
언제까지나 어디에서나 내 곁에 있어줄 거라고
나를 안심시켜 줍니다.
당신은 아마도 빙긋이 미소 띤 얼굴로
책장을 넘기고 있겠지요.
저물녘의 햇살이
마지막 힘을 다하듯 반짝 빛을 냅니다.
당신의 고른 숨소리가
은은한 당신의 향기가
그 노을빛에 섞여 온 방 안으로
나의 화폭 위로 조심스레 내려와 앉습니다.

루앙의 피에르 다리

Charles Angrand
⟨Le Pont de Pierre, Rouen⟩, 1881
80,5×124cm
Oil on Canvas

샤를 앙그랑(1854~1926)

프랑스 노르망디 출신의 인상주의·점묘주의 화가로, 루앙 시립 미술학교를 나와 초기에
는 바르비종파인 코로의 영향을 크게 받았으나 파리에서 쇠라·시냑 등과 친해지면서 빛
의 효과와 색조의 분할, 색상 분석에 대해 많은 공부를 했습니다. 쇠라와 함께 그랑 자
르 섬 작업을 하며 야외에서의 기법 연구에 몰두했으나 쇠라가 죽은 뒤 절망하여 붓을
놓기도 했습니다. 이후 직사각 획을 이용한 점묘로 단순하고 전통적인 기법으로 회귀했
습니다.

갑자기 내린 비 때문일까요? 네, 아마 그런 것 같아요.
조금씩 짙어가던 어둠 아래서
고요하게 걷던 사람들의 발걸음이 소란스러워집니다.
마치 '내가 어디로 가고 있었지?' 하고 스스로에게 묻는 것처럼
사람들은 가던 방향을 잃고 잠시 주춤거립니다.

저도 그랬습니다. 어디로 가야할 지 길을 잃은 것 같았습니다.
저 다리를 건너야 할 것 같은데,
그 끝에서 당신을 만나기로 한 것 같은데,
마음 한쪽에선 아니라고
이제 더이상 그런 일은 없다고 내 발목을 붙듭니다.

갑자기 내린 비 때문일까요?
자꾸만 흘러내리는 이 빗물이
당신과의 이별을 내 기억 속에서 자꾸 씻어내려 합니다.
어둠에 가려 보이지 않는 다리 저 편으로
자꾸만 나를 데려가려 합니다.
푸른 밤 저 편에서 당신이 기다리고 있을 거라고
자꾸만 나를 속이려 합니다.
나의 길을 가려는 단단하던 발걸음이
한 순간 빗물에 흐물흐물 녹아내립니다.
나는 어쩔 줄 모른 채 비를 맞으며 다리 위에서
머뭇거리고 있습니다.
나는 여전히 당신을 그리며.

한 줄기 햇빛

John White Alexander
〈A Ray of Sunlight〉, 1898
121.92×88.27cm
Oil on Canvas

존 화이트 알렉산더 (1856~1915)

미국 앨러게니에서 태어난 상징주의 화가로, 어려서 부모를 잃고 조부모 아래서 자라며 전보배달 일도 했으나 그림 그리기에 재능을 보여 뉴욕으로 건너가 삽화가로 활동했습니다. 이후 유럽에 건너가 독일·이탈리아·네덜란드·프랑스 등을 여행하고 돌아와 당대 유명인사들의 초상화를 그리면서 이름이 알려졌습니다. 결혼 후 파리에 머물며 작업을 계속하다 1901년 미국으로 돌아와서는 희미한 빛을 배경으로 길게 몸을 늘인 여성을 주제로, 아름다운 여인의 초상을 많이 남겼습니다.

깊은 어둠이었지요.

눈 앞에 활짝 편 손 모양조차 알아볼 수 없는 깊은 어둠이었지요.

두 눈을 뜨고 있어도 눈 앞은 천 길, 어둠의 낭떠러지뿐이었습니다.

웬일인지 두렵진 않았어요.

파도치듯 철썩철썩,

마음에 와 닿아 부서지는 깊은 울림이 나를 지켜주고 있었으니까요.

무거운 성문을 밀치듯

두껍게 나를 감싸고 있는 어둠의 장막을 밀어내면서

나는 한 걸음씩 당신에게로 갑니다.

풀었다 죄었다, 내 마음을 설레게 하는 당신에게로.

당신이 즐겨 연주하던 그 선율 끝에 닿으면,

드디어 당신을 만날 수 있으리라, 기쁜 마음으로.

당신의 온기가 느껴지고

내 머릿속이 온통 낮게 깔린 첼로의 선율로 윙윙거리던 그 순간.

나는 알았습니다.

당신임을, 당신이 곁에 있음을,

다시는 놓치고 싶지 않아 두 손을 뻗습니다.

그래요. 당신은 빛이었습니다.

어둠 속으로 파고든 한 줄기 빛은 다시 또 당신과 나를 갈라놓습니다.

어둠 속의 내 손이 가 닿을 수 없는 빛의 당신.

내 귓가엔 당신이 쏟아놓은 감미로운 선율이 여전한데

아스라이 햇빛 속으로 사라져버리고 말 당신.

감은 눈

Odilon Bertrand-Jean Redon
〈Closed Eyes〉, 1890
44×36cm
Oil on Canvas mounted on Cardboard

오딜롱 르동(1840~1916)

프랑스 보르도에서 태어난 상징주의와 초현실주의의 선구자로, 어린 시절 부모를 떠나 외삼촌과 지내면서 어둡고 슬픈 정서를 갖게 되었습니다. 열한 살에 집에 돌아와 학교 교육을 받기 시작했지만 몸이 약해 음악과 시·철학과 미술을 사랑하는 수줍은 소년으로 자랍니다. 그림공부를 위해 파리에 갔다가 실망하여 고향에 돌아와 여러 스승들을 통해 자연·문학·철학적인 깨달음을 얻었으며 이후 독특한 상상력과 내면세계를 드러내며 파리를 중심으로 활동했습니다.

* 1888년 5월 오딜롱 르동은 자신의 일기에 미켈란젤로의 조각 〈빈사의 노예〉를 보고 받은 감상을 남김. '노예의 감은 눈 아래에 얼마나 고결한 의식적인 행동이 있는가! 그는 잠들어 있다. 대리석 이마 아래 근심스러운 꿈을 꾸고 있다. 감동적이고 사색적인 세계에 우리의 근심스러운 꿈을 놓아둔다.' 그 뒤 부인 카미유에게 〈빈사의 노예〉처럼 두 눈을 감고 머리를 오른쪽 어깨로 기울여보라고 한 뒤 이 작품을 그렸다고 함.

당신은 꿈을 믿나요?
눈 감으면 확연하게 드러나고, 눈 뜨면 어디론가 사라지는,
금방이라도 찢어져버릴 듯 아스라이 얇은 막 위에 펼쳐진 꿈을
그대는 가슴으로 믿을 수 있나요?

꿈꾸는 사람의 얼굴에는 빛이 어려 있어요.
아무리 짙은 어둠 속에서도 그 빛은 꺼지지 않고,
오히려 더 환한 빛의 길을 냅니다.
꿈을 믿는 사람들은 그 빛을 쉽게 느낄 수 있죠.
때로는 말하지 않아도 그 꿈이 그려내는 세계를 함께 여행합니다.
그 여행 안에서 새로운 꿈을 꾸기 시작하고,
여행을 마칠 즈음엔 어느새
현실의 눈앞에 펼쳐진 꿈의 세계를 반갑게 맞아들입니다.

꿈을 믿지 않는 사람들에게 꿈은
쉽게 무너지는 모래성이고,
쉽게 찢어져 버리는 얇은 종이 한 장일 뿐이지만
꿈을 믿는 사람들에게 꿈은
양피지처럼 질기고, 바위산처럼 단단한 삶의 에너지이며
초라한 삶을 화사하게 물들이는 염료가 됩니다.

당신의 삶을 언제까지나
따스한 봄날의 한 풍경처럼 물들이고 싶다면 꿈을 꾸세요.
그 꿈을 믿으세요.
당신이 원하는 세계를 그 꿈 속에 펼쳐 놓고
그 안으로 한 걸음씩 걸어 들어가면 됩니다.
환한 빛과 함께하는 꿈의 세계로 당신을 초대하고 싶군요.

팔걸이의자에 앉은 캐슬린

James Jacques Joseph Tissot
⟨Kathleen Newton in an Armchair⟩, 1878
30.5×43.2cm
Oil on Panel

제임스 티솟(1836~1902)

자크 티솟이던 이름을 제임스 티솟이라 바꿀 정도로 영국을 좋아한 프랑스 낭트 출신 화가입니다. 포목상과 모자 가게를 운영한 부모님 영향으로 패션에 관심이 많았으며 작품 속 여인들의 소품까지 섬세하게 표현했습니다. 19세기 말 영국을 중심으로 활동하면서 런던에서 아일랜드 출신 이혼녀 캐슬린 뉴턴과 운명적인 사랑에 빠졌지만 6년 뒤 캐슬린이 폐결핵으로 스물여덟 살에 세상을 떠나자 고국인 프랑스로 돌아왔습니다. 그리고 사랑의 아픔이 배인 런던을 다시는 찾지 않았다고 합니다.

자, 내게 기대요.

이제 더이상 두려워하지 말아요.

우리에게 친절하지 않은 세상일랑 잠시 잊어버립시다.

우리, 서로를 만나기 위해 머나먼 항해를 계속해왔습니다.

이제 그만 내 마음 깊은 곳에 그대의 닻을 내리세요.

그대, 흔들리지 않도록 단단히 붙잡아 두겠습니다.

이제 더이상 미안해하지 말아요.

그대가 곁에 있다는 사실만으로 충분히 행복합니다.

당신이 부족하다는 말, 더이상 하지 말아요.

사랑은 서로의 부족함을 채워주는 것.

내 사랑이 부족하다는 원망은 아니겠지요.

당신보다 완벽한 여인을 나는 본 적이 없습니다.

그대 얼굴에 드리운 그림자 아래서 빛나는

당신의 꿈과 열정·사랑을 이제 펼쳐도 좋습니다.

힘들 때면 내게로 와 쉬었다 가세요.

그대의 행복을 지켜보는 것이 나의 행복입니다.

그 행복한 미소를 내 화폭에 옮겨 오래오래 간직하고 싶습니다.

그대 자유로워도 좋습니다. 행복해도 좋습니다.

그대 내 곁에 머무는 동안.

밤

Leon Spilliaert
〈Night〉, 1908
48×63cm
Pastel

레옹 스피리에르(1881~1946)

벨기에 오스텐더에서 태어나 어려서부터 시골의 일상과 풍경을 스케치하며 독학으로 실력을 쌓았고 스물한 살에 상징주의 작가들의 작품을 펴내는 출판사에 취직하느라 브뤼셀로 올라온 후로는 삽화작업에 몰두했습니다. 특히 에드가 앨런 포의 작품에 깊이 빠져 인상주의를 따르던 당시 화가들과 달리 초현실주의에 가까운 자신만의 미술세계를 확립하고 개인적·정신적인 문제를 화폭에 담아냄으로써 훗날 뭉크의 회화에 영향을 주었습니다.

부드러운 어둠이 나를 감쌉니다.
한낮의 날카로운 햇살에 베인 내 마음을.
하루의 시간들이 무겁게 내려앉아
헤치며 나아가야 하는 걸음이 느려집니다.

또. 각. 또. 각.
사내의 걸음 역시 느려진 건지
발끝에서 튕겨나온 소리 혼자 뒹구는 건지
이 밤이 다 가도록 사내의 구두소리는
쉴 곳을 찾지 못합니다.

멀리 흐릿하게 빛나는 가로등 불빛이
나른해진 몸을 포장된 도로 위에 길게 뉘이고
강가의 촉촉한 바람은
내 마음을 머금은 채 그 위를 떠돕니다.

밤이 내미는 부드러운 손길을 잡고 일어나
하염없이 걷고만 싶습니다.
이른 햇살이 뺨에 닿아
이 몸, 한 방울 물로 사라질 때까지
떠도는 사내의 구두소리에 맞춰
강가의 바람 타고 천천히 떠돌고 싶습니다.

편지

Gwen John
〈The Letter〉, 1924
41.1×33.2cm
Oil on Canvas

그웬 존(1876~1939)

웨일스 남서부의 항구도시 해버퍼드웨스트에서 태어나 영국 유일의 여학생 미술학교에
서 그림의 기초를 닦은 뒤 파리로 건너가 휘슬러의 지도를 받았습니다. 피카소·마티스
같은 대가와 친분을 나누다 로댕을 만나 연인이 되지만 로댕이 세상을 떠난 후에는 가
톨릭에 귀의했습니다. 화가로 이름을 날린 동생 오거스터스 존과 로댕의 그늘에 가려
자신의 예술세계를 제대로 인정받지 못했습니다.

그대에게 쓴 편지.
편지를 쥔 손이 가늘게 떨려옵니다.
당신이 이 편지를 읽으면서 어떤 표정을 지을까,
혼자 상상해 보는 즐거운 시간입니다.
혹시라도 내 열정에 넘쳐 그대에게 상처를 주는 건 아닐까
내 미욱한 표현들 때문에 내 마음이 잘못 전해지는 건 아닐까
두려운 마음도 거둘 수 없습니다.

내 마음을 표현한다는 것이
이렇게 어려운 일인 줄 예전엔 몰랐습니다.
이 세상에 존재하는 그 어떤 말이 있어
당신을 향한 내 마음을 그대로 전할 수 있을까요.
섣부른 열정에 혼자 낯을 붉히기도 하고
채 담지 못한 그리움에 안타까워하면서
그대를 향해 쓴 편지를 읽고, 읽고 또 읽고…
수십 번을 읽어도 부족함만이 눈에 들어옵니다.

그대에게 말을 걸 듯 한 마디 한 마디 건네면서
그대가 곁에 있는 듯 느낄 수 있던 것으로
만족해야 하는 것임을 이제 나는 알겠습니다.
이 편지 역시 부치지 못할 것을 이제야 알겠습니다.

토요일 밤

George Benjamin Luks
⟨Saturday Night⟩, 1925
106.7×86.4cm
Oil on Canvas

조지 럭스(1867~1933)

뉴욕 리얼리스트라 불리는 화가들 가운데 한 명으로, 펜실베이아주 윌리엄즈포트에서 태어나 펜실베니아 미술 아카데미와 독일 뒤셀도르프에서 공부했습니다. 유럽 여러 곳을 여행한 후 1894년 미국으로 돌아와 삽화가로 활동하다 2년 뒤 뉴욕에 정착, 8인회에 합류했으며 아츠 스튜던츠 리그에서 학생들을 가르쳤습니다. 사실적이고 활기찬 뉴욕 풍경과 캐리커처에 가까운 생기 넘치는 초상화로 유명합니다.

이렇게 당신에게 맡겨놓을 때가 제일 편안합니다.
이제 당신도 꽤 솜씨가 좋아졌군요.
처음 당신이 하얀 비누 거품을 내어 다가올 때가 생각납니다.
두근두근 마음이 떨렸지요. 당신도 그때가 생각나나요?
잠시 후 내 얼굴에 난 생채기를 보고
당신은 두 뺨을 발갛게 물들인 채 어쩔 줄 몰라 했습니다.
그래도 좋았어요. 지금 돌이켜봐도 행복한 시간이었습니다.

이렇게 당신에게 맡겨 놓으면 난 어린애가 된 기분입니다.
머리를 들라고 하면 들고, 오른쪽으로 돌리라면 돌리고…
평생 이렇게 당신 말을 잘 들었더라면
어쩜 우리 삶은 더 편할 수 있지 않았을까 이제야 생각합니다.
어리석은 깨달음은 언제나 지난 뒤에야 찾아오는 법이죠.
고마워요, 고마웠습니다. 언제나 내 곁을 지켜줘서.

당신 가슴속엔 아직도 열정이 남아있는 모양입니다.
창 밖 젊은이들의 함성이나 웃음에 눈길을 보내는 걸 보면.
그 뒤로 새어 나오는 짧은 한숨은 청춘에 대한 그리움이겠지요.
우리 첫 만남도 열정에 휩싸여 거리를 누비던 토요일 밤 아니던가요.
오늘도 젊은이들이 거릴 가득 메웠습니다, 그때 그날처럼.
젊을 땐 아무도 모르지요. 시간이, 삶이 알려주는 비밀을.
사랑하는 사람과 함께 있으면 매일매일이 토요일 밤이란 것을.

입구에 선 젊은 여인

Constantin Korovin
〈Young Woman on the Threshold〉
Oil on Canvas mounted on Cardboard

콘스탄틴 코로빈 (1861~1939)

러시아 초기 인상주의 화가로, 모스크바에서 태어나 미술학교를 졸업한 후 파리 만국박람회에 러시아 구성예술 대표로 참가해 많은 상을 받았으며 프랑스 정부로부터 레종도뇌르 훈장을 받았습니다. 풍경화·초상화·장르화·일상화에 더해 예술장식에 관한 작업에도 힘을 쏟아 볼쇼이 극장과 모스크바 사설 오페라 극장의 무대 디자인을 했으며, 끊임없이 새로운 창작기법을 시도하는 예술가로 기억되고 있습니다.

봄은 그렇게 찾아올 거예요.
밝은 미소와 함께, 눈부신 초록빛과 함께.
어느 순간 나타났는지 아무도 모르게.
하지만 누구든 '봄이구나' 느낄 수 있도록.

귓가에 따스한 선율이 아롱질 때
아, 봄이 오는구나! 알 수 있을 겁니다.
봄이 왔다고, 푸른 나무 잎사귀들은
두 팔을 뻗어 와글와글 떠들어대겠죠.
맑은 물로 막 헹궈낸 것 같은
젊은 여인의 미소가 햇살에 빛나면
'아!'하는 탄성과 함께 푸른 잎들은 말을 잃고 말 겁니다.

봄기운을 가득 담은 여인이
미소와 함께 집안에 발을 들이면
어둡고 싸늘했던 냉기는 흔적도 없이 녹아버리고
밝고 따스한 공기가 구석구석 스며듭니다.
가벼운 8분 음표들이 방안을 떠다니고
어둠 속에 잠들었던 집안 전체가 깨어나기 시작하겠죠.

어서 오세요.
어서 이곳으로 와서 당신의 빛나는 미소를 보여주세요.
초록으로 빛나는 봄의 여신이여.
마음을 따스하게 녹이는 봄의 선율이 들려오면
당신을 맞으러 나가겠어요.
당신을 향해 손을 흔드는 수많은 풀잎 가운데 제가 서 있겠습니다.

네바다 카슨 싱크 근처
사막의 모래 언덕

Timothy O'Sullivan
⟨Desert Sand Hills Near Sink of Carson, Nevada⟩, 1867
22.4×29cm
Albumen Print

티모시 오설리반(1840~1882)

미국의 남북전쟁과 서부의 풍경을 담은 다큐멘터리 사진으로 유명한 오설리반은 아일
랜드에서 건너온 이민자의 아들로 태어났습니다. 뉴욕 매튜 갤러리에서 사진을 배웠고
남북전쟁 당시 전선에서 많은 사진을 남겼으며 미국 위도 40도 지질 탐사대의 공식 사
진작가, 파나마 지협·미국 남서 지방 탐사 팀의 일원, 재무부의 수석 사진작가로 활동
했습니다.

사막을 건너 그대에게로 갑니다.
내 걸어온 흔적을 모래 속에 묻으면서
힘겨운 한 걸음 한 걸음
그대에게 닿을 때까지.
얼마나 왔는지 얼마나 남았는지
눈 들어 바라봐도 온통 모래 언덕뿐이지만
그대가 거기 있기에 나는 포기하지 않습니다.

사막에서 밤을 지내본 적 있나요?
하늘과 땅의 구분이 사라지고
햇빛에 빛나던 모래들이
달빛에 반짝이며 쏟아져 내리는 그 밤이 있기에
그대에게 가는 길이
그리 심심하진 않습니다.

왜 굳이 사막이냐고 묻지는 말아요.
모든 것을 삼켜버린 저 모래 사막은
아무 것도 보이지 않지만
모든 것이 존재하는 신기루.
보이지 않는 그대 모습을 찾아 나선 나의 닮은 꼴.
마음에 이는 갖은 번민을
죄책감 없이 풀어놓을 수 있는 내 감정의 소각장.

하루에도 몇 번씩 얼굴을 바꾸는 사막을 바라보며
매번 다른 빛깔로 찾아드는 사랑에 단련되는 나는
사막을 건너 그대 앞에 섰을 즈음, 어떤 모습일까요.

뉴욕 콜럼버스 서클 위의 황혼

William Louis Sonntag, Jr
〈Nightfall Over Columbus Circle, New York City〉
41.28×34.29cm
Watercolor and Gouache on Paper

윌리엄 손탁 주니어(1869~1898)

로맨틱한 풍경으로 잘 알려진 화가 윌리엄 루이 손탁의 아들로, 미국 뉴욕에서 태어나
아버지에게 그림의 기초를 배운 뒤 국립 디자인아카데미를 나와 미국 수채화협회 회원
으로 활동했습니다. 빠르고 정확한 스케치와 섬세한 묘사, 공기에 영감을 불어넣은 듯
한 풍경으로 유명했으나 병으로 한쪽 시력을 잃고 스물아홉 살에 세상을 떠났습니다.
그가 그린 뉴욕의 밤풍경은 자연주의 문학의 거장 시어도어 드라이저에게 영감을 줘 두
사람을 우정으로 묶어줬습니다.

'황혼은 스며드는 거예요.
우리가 숨 쉬는 공기 사이사이로
조금씩 빛 가루가 스며들어 세상을 물들이죠.'
당신, 꿈꾸는 듯한 눈빛으로 이런 이야길 했죠.
떠나기 아쉬운 듯 오래오래 하늘을 물들이던 황혼 아래서.

그렇게 당신이 내게 스며들고 있었다는 걸
눈치채지 못하던 그때.
황혼이 머물러 있는 동안엔
그 뒤에 기다리고 있던 캄캄한 어둠을 알지 못했습니다.
그대가 내 곁에 머무는 동안
그 뒤에 다가올 지 모를 아픈 이별을 몰랐던 것처럼.

황혼 속을 걸어 집으로 돌아가는 길,
오늘처럼 오래오래 황혼이 머무는 날이면
내게 스며든 그대의 흔적들이
올올이 몸을 일으켜 나를 물들입니다.
한 번 물들기 시작한 하늘빛을 되돌릴 수 없듯
내게 스며든 당신을 되돌리지 못한 채 품고 삽니다.

아니, 황혼의 빛이 어둠에 묻혀 사라져버려도
거리의 가로등처럼 불 밝힌
당신과의 아름다운 추억은 고스란히 남아
내 얼어붙은 마음을 위로합니다.

움직임 속의 색

Mikhail Matiushin
⟨Color in Movement⟩, 1920년 경
30.4×35.4cm
Oil on Canvas

미하일 마츄신(1861~1934)

러시아의 전위예술가로 시각예술과 음악예술을 연결하는 작업에 몰두했으며 쇤베르크
의 영향을 받아 연주자이자 작곡가·색채연구가·화가로 활동했습니다. 니즈니 노브고
로드에서 지주와 농노 사이에서 태어나 어릴 때부터 독서와 작문·바이올린을 배웠으며
모스크바 음악학교를 졸업하고 상트페테르부르크 법원 오케스트라의 연주자가 됩니
다. 그리고 이때 독립미술학교에서 그래픽 아트를 배워 화가의 길에 들어섰으며 색깔과
지각 실험에 앞장섰습니다.

투두둑

내 안에 갇혀 있던 그대가

밖으로 터져 나오려 할 때

비로소 난 그대의 존재를 알았습니다.

불쑥불쑥 그대가 고개를 내밀려 할 때

비로소 난 살아있다는 걸 느꼈습니다.

길게 기지개를 펴며 몸을 쑤욱 빼내는 그대를 느꼈을 때

나는 작은 탄성을 내지르며

오랫동안 바라던 것이 무엇인지 깨달았습니다.

너는 폭발하듯 솟구쳐 올라

다채로운 빛깔을 내뿜으며

내 안에 가둬둔 수많은 나를 일깨워줬습니다.

가볍게, 가볍게

무게를 덜어내고 살아가는 법을 알려줬습니다.

내가 바라보는 세상처럼 빛나는 나를

나도 꿈꾸고 있었음을 그대를 통해 비로소 알았습니다.

신명나게 어깨춤을 추며 살아가도 되는 세상임을,

그 또한 나의 삶일 수 있다는 것을 그대를 통해 알았습니다.

그러다가 지쳐 쉬고 싶을 땐

다시 내 안에 잠들 수 있다는 것을

내가 나를 위한 스스로의 보금자리일 수 있다는 것도.

내 안에는 여전히 그대가 살고 있습니다.

이제 나는 그대를 알고, 나를 알게 되었습니다.

세상이 내게 밝은 빛을 비추고 있다는 것도.

바우하우스 계단

Oskar Schlemmer
⟨Bauhaus Stairway⟩, 1932
162.3×114.3cm
Oil on Canvas

오스카 슐렘머(1888~1943)

슈투트가르트에서 태어난 독일의 화가이자 조각가로, 열두 살에 부모를 여의고 일찍이 자립해 미술학교를 마친 뒤 제1차 세계대전에 참전했습니다. 제대 후에는 조각 작업을 시작, 바우하우스의 연극 워크숍에 장인으로 초빙돼 새로운 작업에 함께했으며 나중에는 무대디자인으로 관심을 돌려 이고르 스트라빈스키의 오페라 ⟨나이팅게일⟩과 발레극 ⟨레나르⟩의 무대를 맡았습니다. 이후 조각수업도 맡았으며 특히 학생과 교사의 상호작용을 중요하게 여겼습니다.

오르는 법밖에 배우지 못했습니다.
늘 누군가의 뒷모습만 바라보면서
그를 따라 뒤처지지 않도록 걸음을 옮겨왔습니다.
아무도, 한 번도 이상하게 여긴 적이 없습니다.
물이 흐르듯 자연스럽게 우리는 위로 위로 오르고 있습니다.

제 자리에 멈춰서거나 돌아보면 안 돼.
내 뒤를 따라 오르던 누군가와 부딪쳐 큰 사고가 날지도 몰라.
어디까지 올라야 하느냐고, 그런 건 묻지 말아.
더 높이 오르면 오를수록 좋다고 하니까
내려오는 법이 궁금하다고, 그런 건 묻지 말아.
올라가기도 전에 왜 내려올 생각부터 하니.
조심해, 자꾸 딴 생각을 하면 걸음이 느려지잖아.
네 뒤를 쫓아오는 사람들에게 네 자릴 빼앗길지 몰라.
계단을 처음 오를 때처럼 가볍게 발걸음을 옮겨봐.

계단을 오르고 오르다가 절대로 안 된다던 행동을 하고 말았습니다.
고개를 돌려 계단을 오르는 사람들의 얼굴을 보았습니다.
문득 누군가의 얼굴이 몹시 보고 싶어서.
순간 나는 알게 됐습니다.
몸을 돌려 계단을 내려갈 수도 있다는 걸,
이 세상을 다르게 살아갈 수도 있다는 걸.
이제 내 삶이 조금 멋있어질 것 같습니다.

기구

Pál Szinyei Merse
〈The Balloon〉, 1878
42×39cm
Oil on Canvas

팔 씨녜이 메르세(1845~1920)

헝가리 혁명을 지지한 옛 귀족 가문에서 태어나 불안한 정세 때문에 사립학교를 다니다 열아홉 살에 뮌헨 미술 아카데미에 들어가 본격적인 미술교육을 받았습니다. 결혼 후 경제문제와 가정불화가 겹쳐 10년 넘게 붓을 놓았고, 이혼 후 아들 양육에 힘쓰다 다시 붓을 잡았습니다. 초기에는 사실주의 화풍의 초상화를 그리다가 이후 현대적 소재로 방향을 전환해 인간과 풍경이 함께 어우러진 작품들을 그렸고 쉰한 살에 국회의원이 되어 미술교육의 개혁을 주장했습니다.

벗이여, 난 떠납니다.
눈에는 보이지 않는 길을 따라 난 떠납니다.
무리 지어 나는 새들을 벗삼아 길을 떠나려 합니다.
무슨 일이 생길지 두렵지 않느냐고, 내게 묻진 말아요.
저 파란 하늘이 눈 앞에 펼쳐져 있지 않습니까.
저 너른 하늘이 날 품을 테니
어떤 일이 닥쳐도 결국 저 하늘 속 아니겠습니까.
가끔씩 고개를 들어 저 어딘가 내 친구가 있다고,
날 본 듯 여겨주세요.

앞이 보이지 않을 만큼 짙은 구름 속을 떠도는 날도 있을 겁니다.
풍선처럼 부풀어올랐던 마음이 쪼그라들어
한없이 추락하는 날도 있을 겁니다.
하지만 나는 믿습니다. 그게 전부가 아니라는 것을.
잿빛 구름도, 끝없는 나락도 영원히 계속되진 않는다는 것을.
그러니 다시 푸른 하늘 안에서 웃음 짓게 될 거라는 걸 난 믿습니다.

깊은 밤, 내 먼 발치에서 별처럼 반짝이는 불빛을 보며
날 위해 기도하는 당신을 떠올릴 수 있을 겁니다.
눈에는 보이지 않겠지만 더 가까이 느낄 수 있을 겁니다.
보이지 않는 저 길이 내 마음에 그려놓은 선명한 지도처럼.

여어, 벗이여. 날 향해 손을 흔들어주세요.
한 번도 가지 않은 길을 떠나, 익숙한 여기로 되돌아올 나를 위해.

저녁

Ebenezer Wake Cook
〈Evening〉
22,86×12,7cm
Watercolor

에버네져 웨이크 쿡(1843~1926)

영국 에섹스 지역의 말돈에서 태어나 아홉 살에 멜버른으로 건너갔으며 열일곱 살부터 화가의 작업실에서 그림·목공예·석판화를 배우며 화가의 길에 들어섰습니다. 호주예술 가협회 회원으로 활동하다 1873년 런던으로 돌아간 후로는 주로 수채로 풍경화를 그 렸으며 로열 아카데미 전시에 연속해서 초대되었습니다. 1904년 《예술에서의 무정부주 의와 비평의 혼돈》이라는 소책자를 발행했고, 인상주의에서 벗어나 자기만의 화풍으로 그린 풍경화들로 여전히 높은 인기를 얻고 있습니다.

집으로 향하는 당신들의 모습이 아름답습니다.
고단한 하루의 노동을 어깨에 지고
말없이 발걸음을 옮기는 그대들.
해질녘의 아름다운 노을은
그대들에게 바치는 자연의 노래입니다.
행여 그대들의 아름다움을 해칠까
조심스레 펼치는 태양의 배려입니다.
그대들을 위해 산기슭의 풀들이 몸을 뉘이고
부드러운 바람이 살랑입니다.
그대들의 시선이 닿는 곳마다
그대들의 하루를 위로하는 자연의 노래가 흘러넘칩니다.
우리에게 주어진 하루치의 짐.
그 짐을 외면하거나 미루지 않고
연약한 어깨에 둘러멘 채 길을 가는
그대들의 모습이 아름답습니다.
그 안에 담긴 그대들의 땀과 눈물·한숨까지도.
어둠이 내리기 전,
그대들을 기다리던 가족을 향해 웃음 지으며
양어깨의 짐을 내릴 때까지
그대들을 향한 자연의 노래는 그치지 않습니다.
깊은 밤, 그대가 고단한 하루를 접고
깊고 깊은 잠에 빠져들 때까지.

푸른 방의 햇살

Anna Ancher
⟨Sunshine in the Blue Room⟩, 1881
65 x 59cm
Oil on Canvas

안나 앵커(1859~1935)

덴마크의 스카겐에서 작은 여인숙과 잡화점을 운영하는 집안에서 태어났습니다. 5남매 중 맏이로 어머니를 도와 부엌일에 매달려야 했지만 스카겐의 화가들 덕택에 예술에 익숙한 환경에서 자랐습니다. 코펜하겐에서 그림공부를 하며 자기만의 스타일을 개척했고 당시 여성이 그림을 그리는 일이 흔치 않았음에도 파리에서 공부를 더 했습니다. 동료 화가와 결혼한 후에도 빛과 색을 탐험하며 작업을 계속하여 덴마크를 대표하는 화가들 가운데 한 사람이 되었습니다.

푸른 벽지 위에 그려지는 시간을 바라봅니다.
푸른 빛깔 위에 푸른 빛깔로 새겨지는 그 순간들은
아무런 흔적을 남기지 않고 사라집니다.
친구의 비밀 일기를 들춰보듯
마지막 햇살이 비쳐드는 그 순간까지
푸른 방, 벽지 위에 소곤대는 그 이야기에 귀 기울입니다.
잠시라도 눈을 떼면
시간이 그려내는 삶의 풍경들은
알아볼 수 없는 암호가 되어 버리고,
나는 또 그 푸른 빛깔 위에서 길을 잃고 헤맵니다.
가끔 그 아득한 기분 속에 일부러 빠져듭니다.
가끔은 그 그림 속 주인공이 됩니다.

푸른 방.
내 어린 시절의 기억들은 아직도 그 안에서 빠져 나오지 못합니다.
아니 스스로 그곳을 벗어나기를 거부하는지 모릅니다.
가늘게 눈 뜨고 바라본 그 햇살을,
나른하면서도 서늘하던 그 날들을,
아무 일도 일어나지 않던 지루한 평화를
아직은 잃고 싶지 않은 겁니다.
언제든 문을 열고 들어서면 날 반겨줄 그 기억들을,
내 기억 속의 푸른 반점들을.

고요한 시간

John White Alexander
⟨A Quiet Hour⟩, 1901년 경
122.9×90.5cm
Oil on Canvas

존 화이트 알렉산더 (1856~1915)

미국 앨러게니에서 태어난 상징주의 화가로, 어려서 부모를 잃고 조부모 아래서 자라며
전보배달 일도 했으나 그림 그리기에 재능을 보여 뉴욕으로 건너가 삽화가로 활동합니
다. 이후 유럽에 건너가 독일·이탈리아·네덜란드·프랑스 등을 여행하고 돌아와 당대
유명인사들의 초상화를 그리면서 이름이 알려졌습니다. 결혼 후 파리에 머물며 작업을
계속하다 1901년 미국으로 돌아와서는 희미한 빛을 배경으로 길게 몸을 늘인 여성을
주제로, 아름다운 여인의 초상을 많이 남겼습니다.

숨죽이고 내려앉습니다.
여인을 둘러싼 따스하고 고요한 기운….
그녀의 기다랗고 하얀 손가락 끝에서
가끔 책장만이 팔락일 뿐입니다.
안개처럼 어둠이 방안에 스며들고
커튼 너머 세상에 푸른빛이 감돌 때,
그 고요한 순간을 다스리는
여인의 향기로운 숨이 방안에 퍼집니다.
아무도 방해할 수 없는,
아름다움의 장막에 둘러싸인 여인은
다가설 수 없는 고요함 속에서 시간을 읽고 있습니다.

한 발짝, 그 고요한 거리….
여인은 세상의 소음에서 한 발짝 떨어진
그 자리에 앉아
자신을 안온하게 감싸 보호하는
해질녘의 고요 속에 몸을 기대어
사라져 가는 저 멀리 한 줌의 빛을,
사그라드는 어리석은 열정을 물끄러미 들여다봅니다.

봄

Victor Borisov-Musatov
〈Spring〉, 1901
71×98cm
Oil on Canvas

빅토르 보리소프 무사토프(1870~1905)

러시아 사라토프에서 태어난 상징주의 화가로, 어린 시절 척수손상을 입어 평생 동안 고통 받았습니다. 모스크바를 거쳐 상트페테르부르크 로열 아카데미에 들어갔으나 습기가 많은 기후 탓에 다시 모스크바로 돌아왔다가 파리에 3년간 머물며 퓌비 드 샤반느·베르트 모리조 같은 화가들의 작품에 매료됩니다. 이후 고향에 돌아와 고요함과 조화를 추구하며 과거에 대한 향수를 드러내는 작품들을 선보였으며 서른다섯 살에 세상을 떠났습니다.

문득 뒤돌아봅니다.
나를 불러 세우는 그대 목소리 그곳에 있을까
자꾸 뒤돌아봅니다.
작은 속삭임 듣지 못할까봐
한 걸음 한 걸음 조심스레 걷다가
이내 멈추고 맙니다.
나를 부르는 목소리 지나치고 말까봐
그 자리에 못 박힌 듯 우뚝 서고 맙니다.
터질 듯 부풀어오른 민들레 홀씨.
바람에 흩날릴 때쯤 오실런가
오늘도 무정한 기대를 버리지 못합니다.
뜰을 가득 채우고 넘치는 봄기운을
나만 느낄 수 없는 건 왜인지요.
저 푸르게 빛나는 초록의 동산이
내겐 서늘한 바람이 되어 몸을 떨게 합니다.
가지마다 흐드러지게 핀 꽃송이들이
눈가에 눈물을 맺게 합니다.
돌아보아도, 자꾸 돌아보아도
내가 기다려온 그 봄은 아닌 것 같습니다.
기다려보아도, 더 기다려보아도
내 마음에 꽃을 피울 그 봄은 영영 오지 않을 것 같습니다.

꽃 습작

Jacqueline Marval
〈Flower Study〉
43.18×35.56cm
Oil on Canvas Laid on Board

자클린 마르발(1866~1932)

프랑스 남동부 끼옹샤르트루즈 지역의 교사 집안에서 태어나 교사수업을 받았지만 뜻이 없었고 화가 쥘 플랑드랭과 결혼한 뒤 화가로서의 경력을 쌓기 시작합니다. 굵고 힘이 넘치는 붓 터치와 현대적인 느낌을 주는 작품들로 파리의 살롱들과 유럽 여러 곳에서 전시를 하고 미국 아모리 쇼에도 참여했으나 점점 그림에 관심을 잃고 붉게 염색한 머리에 녹색 모자를 쓴 '벨 에포크의 요정'이 되어 춤을 즐겼습니다.

나는 알고 있습니다.
붉게 타오르던 당신의 정열을.
젊음의 고비를 힘겹게 넘으면서도
세상을 품으려 했던 당신을 기억합니다.
당신 안에서 빳빳이 고개를 쳐드는 수많은 번민들을
어르고 달래고, 끝내는 모든 걸 양보한 끝에
오늘에 다다랐음을 나는 알고 있습니다.
바알갛게 타오르던 당신의 심장도
이제는 약해진 고동이 되어 흐르고
붉은 정열이 모두 빠져나간 당신의 빛깔은 애잔합니다.
당신은 여전히 미소짓습니다.
괜찮다, 괜찮다 손사래를 치며
지나가 버린 정열을 짐짓 모른 척합니다.
당신은 여전히 아름답습니다.
오랜 시간 동안
당신 안의 모두를 하나씩 꺼내 뿌린 탓에 텅 비어버렸지만
세상 곳곳에 당신이 여전하기에
아름다움은 변치 않습니다.
붉은 기운이 모두 빠져나간
애잔한 빛깔로 나를 맞는 당신.
걱정 마세요. 나는 알고 있습니다.
당신의 붉은 정열이 이렇게 나를 키워왔다는 걸.

다리 가까이

Albijn van der Abeele
〈Near the bridge〉, 1886
31.5×39cm
Oil on Cardboard

알빈느 반 데 아벨레(1835~1918)

1800년대 초부터 여러 시인과 화가들이 거주해 '예술가 마을'로 불리는 벨기에의 생 마르탱 라탱에서 태어나 어려서부터 교사로, 단편을 출판한 작가로, 생 마르탱 라탱의 시장으로 활동하다가 서른아홉 살에 그림을 시작, 마흔여섯 살이던 1881년 무렵부터 정식화가로의 경력을 쌓았습니다. 상징주의·인상주의 등을 연구했지만 그대로 따르지는 않았고, '자연보다 더 아름다운 것은 없다'는 가치관에 따라 풍경을 즐겨 그렸습니다.

그리워하기 좋은 거리가 있습니다.
너무 멀어지면 그리움조차 희미해지고
너무 가까이 다가가면 잔인한 현실이 되어버립니다.
난 늘 그 자리에서 멈춰 섭니다.
내가 그리워하기 좋은 거리.
저 멀리 빨간 지붕이 보이고
크게 소리쳐 부르면
네가 집밖으로 달려나와 손을 흔들고
그 손짓을 간신히 알아볼 만큼의 거리.
우리가 걸터앉아 많은 이야기를 나누던 돌다리가
한눈에 들어올 만큼의 거리.
우리가 나눈 이야기들을 기억해뒀다
저희들끼리 속닥이던 키 큰 나무들이
내게 손짓할 수 있을 만큼의 거리.
온 세상이 초록으로 옷을 갈아입을 때면
너무 멀리 떨어져버린 난 서둘러 발걸음을 옮깁니다.
내 그리움을 찾아 한 걸음 한 걸음.
내 마음에 그 풍경이 떠오를 때면
조심스레 가까이 다가갑니다.
그리움이 현실이 되기 전 바로 그 순간.
내 발걸음을 멈추기 위해.
그리워하기 좋은 자리, 그곳에 서서
온몸이 초록으로 물들 때까지 그곳에 서서
너를, 빨간 지붕을, 키 큰 나무를, 오래된 돌다리를
눈길로 쓰다듬어 봅니다.

예술가의 딸과 손녀

George Howard, 9th Earl of Carlisle
⟨The Artists Daughter and Grandaughters⟩, 1905년 경
35.50×20.50cm
Watercolor on Paper

조지 하워드(1843~1911)

하워드 성채를 가진 칼라일 가문의 마지막 백작으로, 영국 런던에서 태어나 이튼 칼리지
를 거쳐 캠브리지 대학에 입학한 후 대학 비밀서클인 '케임브리지 사도회'에서 활동했습
니다. 화가가 되기 위해 캠브리지 대학 졸업 후 미술학교에 다녔고 알퐁소 르그로에게
그림수업을 받았습니다. 라파엘 전파의 중요한 후원자로 부드럽고 겸손한 성품이 작품
에 그대로 드러나고 있으며, 주로 영국과 이탈리아의 자연과 일상 풍경들을 유화와 수
채화로 그려냈습니다.

아버지는 봄이 오면 늘 이 자리에 앉으셨습니다.
초록이 오는 순간들을 즐거이 맞으셨죠.
아버지의 커다한 화폭에 초록이 늘어가고
우린 그 주변을 뛰놀며 함께 초록을 즐겼습니다.
겨우내 갇혀 있던 집안에서 벗어나
양 볼이 빨개지도록 해 저물녘까지 지칠 줄 몰랐습니다.
아버지의 모습을 볼 수 없게 된 뒤에도
해마다 초록은 찾아왔습니다.
그때마다 아버지의 추억은 함께 피어나
어서 문을 열고 밖으로 나가라고
가볍게 내 등을 떠밀었습니다.

아버지의 온기가 느껴지는 그 자리에 앉아
오래 전 아버지가 그랬던 것처럼 붓을 들어보았습니다.
훌쩍 자라난 내 아이들이
오래된 책 한 권과 더불어 볕을 쬐고 있는 어느 봄날 오후.
고요한 풍경 속에 빠져들어
초록이 오는 소리에 귀 기울이는 동안,
나는 알게 되었습니다.
저 초록에 물들어 아버지도 함께하고 계시다는 걸.

선택

George Frederic Watts
〈Choosing〉, 1864년 경
Oil on Strawboard mounted on Gatorfoam
50×40cm

조지 프레데릭 와츠(1817~1904)

영국 빅토리아 시대의 런던에서 가난한 피아노 직공의 아들로 태어나 아버지로부터 종
교적이고 보수적인 교육을 받으면서 삶과 예술에 많은 영향을 받았습니다. 일찍부터 예
술에 소질을 보여 열 살 무렵 조각을 배우기 시작했고 열여덟 살에 로열 아카데미에 입
학, 스무 살부터 전시에 참여했습니다. 미술대회 입상으로 이탈리아에 유학하여 베네치
아파의 영향을 많이 받았으며 귀국 후 사회성 강한 작품들과 초상화를 선보여 1867년
로열 아카데미 회원으로 선출됐습니다.

어쩌면 좋아.

소녀의 입에서 가느다란 탄식이 새나옵니다.

붉디붉은 빛으로 타오르는 탐스런 꽃송이 앞에서

소녀는 어쩌할 바를 모릅니다.

조금 전까지 소녀의 마음을 사로잡은

향긋한 들꽃 내음도 이미 시들해졌습니다.

손바닥 위에서 여전히 달콤한 향내로 그녀를 위로하건만

소녀는 이미 붉은 꽃송이에 마음을 빼앗겼습니다.

붉은 꽃송이를 가볍게 어루만지던 소녀는

그 화려한 아름다움이 안타깝습니다.

눈앞에 바로

손에 쥘 수 있을 만큼 가까이 있지만

언제까지나 붙들어 둘 수 없는 아름다움임을 알기에

소녀는 초조하고 불안합니다.

누군가 내 아름다움을 빼앗아갈 지 몰라.

소녀는 떨리는 손으로 꽃송이를 가까이 끌어와

크게 숨을 들이마십니다.

느껴질 듯 말 듯 희미한 꽃내음.

벌써 사라지기 시작한 걸까.

향기를 잃어버린 크고 화려한 꽃송이를 쥔 소녀는

제 안의 불안을 확인이라도 한 듯 안타까움 속에 빠져듭니다.

＊작품 속 주인공은 19세기 최고의 배우 엘렌 테리로, 와츠보다 서른 살이나 어린 그녀는 열 달 정도 와츠의 아내였음.

산들바람

Mary Fairchild MacMonnies Low
⟨The Breeze⟩, 1895
Oil on Canvas

메리 페어차일드 (1858~1946)

미국 코네티컷주 뉴헤이븐 출신으로 세인트 루이스 미술학교와 파리 줄리앙 아카데미에
서 공부했습니다. 조각가 프레드릭 맥모니와 결혼, 파리에 머무는 동안 여름이면 남편·
두 딸과 함께 지베르니를 찾곤 했으나 훗날 이혼하고 1909년 화가인 윌 로우와 재혼합
니다. 풍경화·장르화·초상화를 주로 그렸고 시카고 만국박람회에서 벽화작업을 선보
였으며 미국 국립 디자인 아카데미의 회원이 됩니다.

시간이 내게 속삭입니다.

서두르지 말라고, 그렇게 달리지 않아도 괜찮다고….

땀에 젖은 머리카락 부드럽게 매만지며 내 거친 숨을 가라앉힙니다.

맨발로 가벼이 주변을 맴도는 시간의 옷자락이

사그락사그락 기분 좋은 소릴 내며 내 마음을 어루만집니다.

비단결처럼 고운 느낌이 봄바람처럼 내 뺨을 간질입니다.

참, 이상도 하지요.

지금까지 내가 좇아온 시간은 모두 어디로 간 것일까요.

태풍처럼 휘몰아치며

도무지 따라잡을 수 없을 것 같던 그 시간은 대체 어디에.

지금까지 나는 어지러운 꿈속을 헤매고 있던 것일까요.

내 달음박질이 불러일으킨 먼지바람에 나는 줄곧 속고 있던 것일까요.

바람결에 살랑이는 옷자락을 손에 쥔 시간은

긴 숨을 토해내는 나를 바라보며 온화한 미소를 짓습니다.

내 마음을 모두 알겠다는 듯,

시간을 달려 이기려던 나의 어리석음을 용서하려는 듯….

오랫동안 나를 지켜보던 시간은

이윽고 사뿐사뿐 걸음을 옮겨 앞으로 나아갑니다.

너무 빠르지도 느리지도 않은 걸음걸이로 가볍게 나아갑니다.

시간은 산들바람처럼 그렇게

내 주변에서 노닐다 멀어져갑니다.

밤의 베니스 풍경

Ferdinand du Puigaudeau
⟨Sight of Venice, the Night⟩, 1904
73.2×59.7cm
Oil on Canvas

페르디낭 뒤 퓌고도(1864~1930)

프랑스 낭트에서 태어나 파리와 니스의 여러 기숙학교에서 전형적인 교육을 받았으며 열여덟 살에 이탈리아와 뒤니지를 여행하며 화가가 되기로 결심합니다. 고갱·라발과 함께 파나마 마르티니크로 갈 계획을 세웠으나 육군 소집으로 떠나지 못했습니다. 몇 년 뒤 브르타뉴의 퐁타방으로 가서 작품 활동을 했으며 이후 베니스와 프랑스 여러 지역을 다니면서 아름다운 풍경을 그림에 남겼고 국립미술협회 전시회에 참여하고 개인전을 여는 등 활발하게 활동했습니다.

창공에 빛나는 별빛 아래 도시는 잠들지 못합니다.
잠 못 이뤄 거리를 거닐던 중년의 사내,
나지막한 소리로 뱃사공과 흥정을 하고
젊은 연인을 태운 곤돌라 하나 미끄러지듯 달려 나가면
바다에 잠긴 밤하늘 위로 별 하나 떠오릅니다.
쉬잇,
머나먼 나라 어디선가
새로 탄생한 생명에의 예감에 숨을 죽이는 순간.
누구일까.
아주 오래전부터 알고 있었던 것 같은 익숙한 느낌.
출렁이는 별빛 사이로 노 젓는 이들의 어깨 위에
어둠이 비처럼 내리고
깊어진 어둠 속에서 별빛은 더욱 환히 빛납니다.
한 사람 만큼의 무게를 더한 세상 위로 어둠은 쌓여가고
어둠이 짙을수록 별빛은 환해집니다.
아, 누구인가요.
한 걸음 물러선 검은 하늘 위로
하나 둘 감추었던 모습을 드러내는 저 생명의 주인들은.
이 세상 어느 곳에서 첫 호흡을 내쉬며
내가 바라보는 저 밤풍경을 바라보고 있을까요.
새 생명의 눈빛을 담아 맑게 빛나는 창공의 별들!

브리에르에서의 밤 뱃놀이

Ferdinand du Puigaudeau
〈Boating at Night in Briere〉, 1924~1926
53.98 x 73.03cm
Oil on Canvas

페르디낭 뒤 퓌고도 (1864~1930)

프랑스 낭트에서 태어나 파리와 니스의 여러 기숙학교에서 전형적인 교육을 받았으며 열여덟 살에 이탈리아와 튀니지를 여행하며 화가가 되기로 결심합니다. 고갱·라발과 함께 파나마 마르티니크로 갈 계획을 세웠으나 육군 소집으로 떠나지 못했습니다. 몇 년 뒤 브르타뉴의 퐁타방으로 가서 작품 활동을 했으며 이후 베니스와 프랑스 여러 지역을 다니면서 아름다운 풍경을 그림에 남겼고 국립미술협회 전시회에 참여하고 개인전을 여는 등 활발하게 활동했습니다.

영원의 시간으로 노를 저어갑니다.
푸른 바다와 푸른 하늘 사이로 푸른 공기가 가득합니다.
그대와 나, 그 푸른 공간에 더 짙은 그림자로
깊은 밤을 건너는 우리의 존재를 살며시 드러냅니다.
저 새들을 보아요.
달빛에 하얗게 빛나는 바다 새.
우리에게 무슨 이야기를 전하고 싶은 걸까요.
우리를 어디로 인도하고픈 걸까요.
우리가 떠나온 뭍의 소식을 전하려는 듯
전할까 말까 망설이며 다가서다 멀어지고 다시 다가섭니다.
아니, 어쩌면 별빛이었을까요.
그대와 내가 나누는 속삭임이 궁금해
잠시 우리 곁에 내리는 건지도 모릅니다.
그들은 말하겠지요.
깊은 밤의 바다를 건너는 연인을 보았다고.
그들이 가는 길을 지켜주었고, 그들 마음을 비춰주었다고.
삐그덕 삐그덕 물결에 흔들리면서
고즈넉한 뱃놀이의 여운에 빠져듭니다.
달빛에 비친 그대의 옆모습을 바라보면서
깊은 밤 속으로, 깊은 잠 속으로 빠져듭니다.

헛간 옆 시골 여인

Anton Mauve
⟨A Peasant Woman by a Barn⟩
39×44cm
Oil on Canvas laid down on Panel

안톤 모베(1838~1888)

네덜란드 하를럼에서 태어난 낭만파화가로, 코로와 바르비종파의 영향을 받았습니다. 네덜란드 풍경과 시골 생활을 주로 화폭에 담았으며 헤이그 인근의 자연 속에서 다른 화가들과 모여 살며 그림을 그려 '네덜란드의 바르비종파'라 불립니다. 고흐와는 외사촌 관계로 고흐에게 수채화와 인물소묘를 비롯한 그림의 기초지식을 가르쳤고 유화를 시작하라고 권해준 인물이기도 합니다.

가을볕이 참 좋습니다.
일을 하다 당신 모습 떠올라 갑자기 눈물이 솟을 뻔했어요.
남의 눈에 뜨일까
말없이 홀로 헛간 뒤로 돌아서니
따스한 가을볕이 나를 위로해줍니다.

햇볕에 물든 흙벽 위에 가만히 몸을 기댑니다.
당신의 품처럼 따스한 온기가 내 마음까지 전해집니다.
한참동안 그렇게 볕 바라기를 하고 나니
당신이 비운 자리가 조금 채워진 듯합니다.
부드러운 가을볕이 눈물로 축축해진 내 마음을 말려준 덕분입니다.

당신을 위해 처음 두른 앞치마가 문득 눈에 들어옵니다.
앞치마 자락이 헤실헤실 풀어지기 시작했네요.
그대 떠난 뒤라는 걸 마치 알고 있기라도 하듯.
이 앞치마를 두른 동안 참 행복했지요.
당신을 위해 식탁을 차리고
당신을 위해 빨래를 널면서 매일매일 노래했지요.
마법처럼 나를 행복하게 하던 그 순간들….
그대 돌아올 날까지 고이 접어둬야겠습니다.
가을볕의 따스한 온기를 함께 담아
그대 오는 날까지 고이 간직해야겠습니다.

호보컨의 쿠바가수

Oscar Bluemner
〈A Cuban Singer-Hoboken〉, 1920년대
12,7×8,89cm
Watercolor on Paper

오스카 블룸너(1867~1938)

독일 프렌츨라우에서 태어나 베를린 로열 디자인 아카데미에서 회화와 건축을 공부했습니다. 스물다섯 살에 미국 시카고로 건너가 만국박람회의 제도사로 일했고, 건축가로 활동하다 마흔한 살에 만난 알프레드 스티글리츠의 영향으로 2년 뒤에 전업화가의 길에 들어섰습니다. 자연과 사물의 풍경을 작가 주관에 따라 재구성하여 단순화한 뒤 강렬한 색채로 표현해내며 근대 미술에서 추상 표현으로 넘어가는데 크게 공헌했습니다.

드높은 빌딩 사이로 황혼이 스며들면
나를 부르며 낮게 깔리는 리듬이 있습니다.
낡아빠진 간판의 희미한 불빛,
손때 묻어 정겨운 나무문을 밀면
이국적인 리듬 쏟아져 나와 내 가슴을 두드립니다.
실내 한편 좁은 무대 위엔 여가수의 미소.
자욱한 담배 연기와 뒤섞인 노래 위로
카리브 해의 푸른 파도가 넘실거립니다.
도시의 피로를 털어버리려는 듯
리듬에 맞춰 몸 흔드는 사람들은 언제나 슬로우 모션.
언제였더라, 어디서였지? 옛 추억을 끄집어내는
그 고약한 리듬과 여가수의 허스키한 목소리.
고향의 연인을 그리는 여가수의 노래에
내 가슴은 베일 듯 위험해집니다.
붉은 무대 장식 앞에 선 흰 원피스 차림의 여가수,
촉촉해진 눈가의 눈물을 사람들은 아는지….
높아가는 술 취한 목소리에 노랫소리 묻히고
간신히 내 지난 추억도 그 안에 묻습니다.
여가수의 노랫소리 잦아들면
아득해지는 정신을 붙잡고 거리로 나섭니다.
끈끈한 바람이 목덜미를 스치고
여가수의 노래 한 소절 마음을 스칩니다.

런던, 밋첨 공원에서
거위 쫓아가기

Ida Rose Lovering
⟨Chasing Geese on Mitcham Common, London⟩
Watercolor on Paper

이다 로버링(1881~1903)

영국 런던 그리니치에서 태어난, 빅토리아 시대 여성 수채화가들 가운데 중요한 한 사람
으로 여성미술학교에서 교육받았으며 로열 아카데미에서부터 여성화가협회와 여러 미
술클럽에 이르는 주요 전시에 참여했습니다. 런던에 살면서 풍경화와 초상화 양쪽에서
크게 인정받으며 그림 작업을 했고, 그녀가 남긴 회화들은 미술시장에서 아주 희귀한 작
품으로 인정받고 있습니다.

자, 달려봐. 조금 더 빨리. 내가 널 쫓아갈 수 없게.
숨이 턱에 닿을 정도로 달리다가
살짝 두 발을 떼는 거야, 날개를 펴고.

아주 오래 전, 당신은 내게 날아왔습니다.
난 어쩜 믿을 수 없다는 표정으로 당신을 처음 맞았는지도 모릅니다.
어린 왕자와 여우가 서로를 길들이듯
당신도 나를, 나도 당신을 길들여왔습니다.
나는 당신과 함께인 것이 좋아서,
언제나 즐거워서,
처음엔 알지 못했습니다.
당신 역시 내 곁을 떠나기 싫어서, 혼자만의 비행을 즐기기 미안해서
그렇게 모른 척하고 있던 걸까요.
어느 날 문득 생각했습니다.
언제부터인가 당신이 더이상 날지 않고 있구나, 하고.
이미 늦어버린 걸까요. 당신은 영영 나는 법을 잊어버린 걸까요.
우리가 서로를 길들인다는 것의 의미가
당신을 그렇게 변하게 만든 것일까요.
우리 다시 시작해요. 우리 할 수 있을 겁니다.
우리가 서로를 길들이며 함께 쌓은 시간만큼 다시 시작하는 겁니다.
당신의 날개를 꺾고 싶지 않아요. 나를 위해 저 하늘을 날아주세요.
그 하늘 위에서 나를 내려다보며 웃어주세요.

자, 다시 시작이야. 힘차게 달리는 거야.

정원의 마리

Peder Severin Krøyer
〈Marie in the Garden〉, 1895
58.1×47.94cm
Oil on Panel

페더 세버린 크뢰이어(1851~1909)

노르웨이 스타방에르에서 태어났으나 정서적으로 불안한 어머니를 떠나 덴마크 코펜하겐의 양부모 아래서 자랐습니다. 아홉 살부터 그림개인교습을 받기 시작, 덴마크 로열 아카데미에서 장학금과 금메달을 받으며 공부했고 스무 살에 데뷔했습니다. 유럽여행차 들른 파리에서 모네·드가·르느와르 같은 인상파의 영향을 받았고 덴마크 스카겐 화가들의 리더로 죽기 10년 전부터 시력을 잃어가면서도 붓을 놓지 않았습니다.

꿈꾸는 듯한 여인의 발걸음이 그 자리에 머물러
숲 속 나무들이 털어놓는 이야기에 귀를 기울입니다.
새처럼 가벼운 여인의 몸짓에
숲은 요정을 만난 듯 저마다의 이야기를 속삭입니다.
한 걸음 한 걸음, 아름다운 여인을 놓치기 싫어
풀잎도 나무도 여인의 걸음을 붙잡으려 합니다.
여인은 숲의 손길을 부드럽게 맞잡으며
따스한 햇살 아래 오후를 즐깁니다.
여인에게서 아침 이슬의 맑고 투명한 기운을 느낍니다.
여인의 미소에서 오후 햇살의 따사로운 정을 느낍니다.
여인의 깊은 눈동자에서 깊은 밤의 부드러운 적막을 느낍니다.

숲의 이야기를 들은 여인의 마음에는 싹이 트기 시작합니다.
나무가 자라고 풀잎이 무성해져 소슬한 바람도 붑니다.
포근한 햇빛이 비치고 고요한 평화가 스며듭니다.
이윽고 여인의 마음속 정원에도 하나 둘 비밀이 생겨나고
아무에게도 털어놓지 못한 이야기들을 숲 속 풀잎과 나무가 들어줍니다.
서로의 상처를 보듬어 새로운 기쁨을 준비합니다.
내일을 약속한 채 걸음을 옮기는 여인의 마음속엔
포근한 봄날의 정원이 담겨 있습니다.
여인의 걸음걸음, 여린 풀잎을 닮아갑니다.

코린튼의 요정나무

Hill and Adamson
〈The Fairy Tree at Colinton〉, 1845
20.96×15.24cm
Photogravure

힐과 아담슨(1802~1870/1821~1848)

영국의 스코틀랜드 중부의 퍼스에서 태어나 로열 아카데미 서기로 일하던 풍경화가 데이빗 힐David Hill과, 스코틀랜드 세인트앤드루스에서 태어나 종이인화법인 칼로타입 기술자로 일하다 에딘버러에서 스코틀랜드 최초의 초상사진관을 개업한 로버트 아담슨Robert Adamson 두 사람을 말합니다. 1843년 처음 만난 두 사람은 연출은 힐이, 촬영과 인화는 아담슨이 담당하며 뛰어난 수준의 초상사진을 함께 작업했습니다.

그대 안에 숨이 깃들어 있습니다.
그대는 다른 이와 똑같은 모습으로,
그대는 남과 전혀 다른 모습으로 숨을 품습니다.
당신들은 서로 이어져 있어
함께 아파하고 함께 기뻐하며 함께 목을 축입니다.
마른 가지 서로 부벼 겨울을 나고
약속한 듯 푸른 잎사귀 내어
서로의 손을 맞잡고 휘파람을 붑니다.
쏟아지는 햇빛을 서로에게 튕기며 장난을 치고
깊은 밤이면 서로의 숨소리를 자장가 삼습니다.
보름달이 휘영청 숲 속을 밝힐 때면
제 껍질을 벗고 나와 즐기는 축제의 순간.

검은 그림자로 위장한 숲 속에 당신들이 삽니다.
이방인의 어설픈 시선에는 잡히지 않는.
꽃이 피고 꽃이 지고, 잎이 피고 잎이 지고…,
시시각각 다른 모양 다른 빛깔로 모습을 바꾸면서
그대 생명의 무고함을 세상에 떨칩니다.
푸른 가지로 손짓하고 반짝이는 잎사귀로 대화하면서
당신에게 말을 거는 내게 답합니다.

노란 암탉

Ada Walter Shulz
〈The Yellow Hen〉, 1926년 경
Oil on Board

에이다 슐츠 (1870~1928)

미국의 후기 인상주의화가로, 인디애나주 테러호트에서 태어났으며 어릴 때부터 모든 일을 제쳐두고 그림 그리기에 관심을 쏟았습니다. 홀어머니가 인디애나폴리스·시카고로 이사를 다니면서 재능을 키워주려 애쓴 덕분에 시카고 미술학교에서 공부했으며 이때 그림여행을 떠났다가 화가 아돌프 로버트 슐츠를 만나 결혼합니다. 밝은 햇빛 아래에서의 싱그러운 풍경에 속한 어머니와 아이들의 모습, 풍부한 표정의 아이들 초상에 뛰어난 감각을 발휘한 화가입니다.

봄은 당신에게로 옵니다.
투명한 공기 속에 몸을 담근 채
풀잎 위를 자유로이 뛰노는 당신에게로 옵니다.
한 점 그늘 없이, 한 점 허물 없이
세상에 난 그대로의 순수한 얼굴로 하늘을 마주합니다.
당신은 자기를 닮은 작은 생명을 끌어안고
서로의 품에서 따스함을 누립니다.
당신의 어린 손과 당신의 어린 부리로 마음을 나누며.

봄은 당신에게로 옵니다.
아지랑이를 쫓아 폴짝대며
하늘을 바라보고 맴맴 도는 당신에게로 옵니다.
한 점 욕심 없이, 한 점 걱정 없이
작은 숨을 내쉬면서 평화를 불러 모읍니다.
나른한 몸을 풀밭 위에 뉘이고
눈부신 햇빛에 얼굴을 찡그리면서도
햇빛을 마주한 채 따뜻한 봄을 맞습니다.
어느새 쌕쌕 잠이든 당신 곁에선
작은 생명이 꼬박꼬박 졸음을 즐깁니다.
지켜보는 내 얼굴에 햇살 닮은 미소가 번져갑니다.

집시여인들

Christopher Wood
〈The Gitanas〉, 1924
22.23×18.42cm
Oil on Board

크리스토퍼 우드(1901~1930)

영국 리버풀 근처의 노슬리에서 태어났으며 리버풀 대학에서 의학과 건축을 전공했습니다. 대학에서 만난 화가 오거스터스 존에게서 용기를 얻어 화가가 되기로 마음 먹고 파리로 건너가 그림공부를 시작했으며 이때 피카소와 디아길레프를 만나 친구가 됩니다. 유럽 여행 후 생 이브에 정착했으며 파리와 런던 미술계에서 단시간에 유명해졌으나 정서적으로 불안정해서 자살로 추정되는 기차사고로 스물아홉 살에 사망했습니다.

아무 것도 묻지 말아요, 내게.
당신이 듣고 싶어 하는 대답은 당신 안에 있으니,
내게 아무 것도 바라지 말아요.
당신이 눈을 감았다 뜨는 그 짧은 한 순간에도
세상의 꽃은 피고 지고, 하늘의 태양은 떠오르고,
수많은 인연들이 우릴 스치고 지나갑니다.
내 삶도 그렇게 한 순간 한 순간마다
이쪽 끝에서 저쪽 끝을 오가며 흘러왔지요.
내 삶이 시작된 곳이 어디냐고도 묻지 말아요.
하루, 이틀, 한 달, 일 년…
내 삶은 시시각각 새로 시작되고 있으니까요.
새로 만나는 땅이 고향이 되고, 새로 만나는 사람들은 연인이 되지요.
그렇게 또 다른 나는 태어납니다.
지금, 여기 이렇게 앉은 나는
자그마치 삼천이백구십육 번째의 나인지도 모릅니다.
그렇게 내 마음에 담긴 당신도 헤아릴 수 없어요.
아무리 삶을 번복해도, 아무리 멀리 바람 따라 흘러가도
내 마음속에 피어난 붉은 연정은
영원히 지지 않는 꽃 한 송이로 피어올랐습니다.
그대에게 해줄 수 있는 말은 오직 한 마디.
나를 믿지 말아요, 그대.

산책길

Alfred Wallis
⟨The Walk⟩, 1938~40
30.5×45.7cm
Oil on Canvas

알프레드 월리스(1855~1942)

가장 순수한 영국화가라고 불리며, 어린 시절에 관해서는 거의 알려진 게 없습니다. 먼 바다에 나가 고기를 잡고 아이스크림 파는 것으로 생계를 유지하는 어부로 중년 이후 아름다운 항구 도시 세인트 아이브스에 정착했으며 일흔 살이 되어서야 그림을 그리기 시작했습니다. 작은 오두막에 살면서 골판지와 부목 위에 배와 보트·거리풍경 등을 기억과 상상을 더해 표현했으며 자기만의 방식대로 작업을 하다 여든일곱 살에 초라한 집에서 숨을 거두었습니다.

자동차가 들어서기엔 좀 좁은 길이면 좋겠습니다.
두 사람이 나란히 걷기엔 충분하고,
마주 오는 사람이 있을 때는
잠시 길가에 비켜서서 양보할 수 있으면 좋겠습니다.
아무리 걸어도 발바닥이 아프지 않은 흙길이면 좋겠습니다.
길 한 가운데 어디선가 날아온 들꽃이 피어 있어
잠시 걸음을 멈출 수 있으면 좋겠습니다.
사람 사는 집 보다는 풀과 나무가 늘어선 곳이면 좋겠습니다.
가끔 사람 소리에서 벗어나
나무 이파리에 부딪는 바람소리를 들을 수 있으면 좋겠습니다.
그러다가 소박한 집 하나 길가에서 만나도 좋겠습니다.
어느 아침, 집밖으로 은은하게 번지는
향긋한 커피 향을 누릴 수 있고,
창가에 오가는 누군가의 기척을 느낄 수 있고,
집 밖을 나선 그와 반가운 인사를 나눌 수 있어도 좋겠습니다.
때로는 나란히 길을 걸으며 사는 이야기를 나눌 수도 있겠지요.
매일매일 걸어도 매일 다른 빛깔을 매일 다른 소리를
매일 다른 향기를 느낄 수 있으면 좋겠습니다.
느릿느릿 여유를 부리는 나의 산책길.

탁자에 팔을 걸치고
포즈를 취한 소녀

Oscar Gustave Rejlander
⟨Young Girl Posing with Arms Resting on Table⟩, 1860년 경
16.7×13.2cm
Albumen Print

오스카 레일랜더(1813~1875)

빅토리아 시대 사진의 선구자로, 스웨덴에서 태어나 어린 시절 로마에서 회화와 조각을 공부했으나 사진을 접한 뒤 영국에 정착해 사진을 찍기 시작했습니다. 사진을 예술 차원으로 끌어올리기 위해 촬영과 인화술 개발을 위해 다양한 실험들을 했으며, 회화를 모방하는 사진을 찍는 초창기 회화주의 사진가를 대표하며 비평가들의 찬사를 받기도 했지만 궁핍한 상태에서 생을 마쳤습니다.

알아요. 그렇다고 기죽거나 포기하진 않아요.

나를 가두려 마세요, 이미 늦었어요.

세상이 그리 쉽진 않겠죠.

내 마음대로 따라주지 않을 거란 정도는 알아요.

그렇다고 처음부터 숨어버릴 수는 없잖아요.

나를 받아주지 않는다고 평생을 남의 그늘에서 지낼 수는 없잖아요.

그게 태어난 이유라면…, 너무한 거잖아요.

알아요.

무슨 대단히 새롭거나 별스러운 일이 기다릴 거라 기대하진 않아요.

그저 그런 일들에 둘러싸인 지루한 날들이 될 지도 모르죠.

어쩌면 나의 선택을 잠깐, 후회할 수도 있을 거예요.

하지만 그때뿐일 걸요. 오래가진 않을 걸요.

힘들지만 나오길 잘했다고 나를 자랑스러워할 걸요.

당당하게 내 앞에 있는 문을 두드려 여기가 아닌 저기,

더 너른 세상으로 나아가 내 몫을 찾고 싶어요.

내게 주어진 딱 그만큼의 세상,

내게 주어진 딱 그만큼의 시간,

내게 주어진 딱 그만큼의 사람들,

내게 주어진 딱 그만큼의 고통과 사랑·행복….

내가 먼저 다가서지 않으면 영원히 내 것이 될 수 없다는 걸

나는 이미 알아버린 걸요.

제 1 라운드

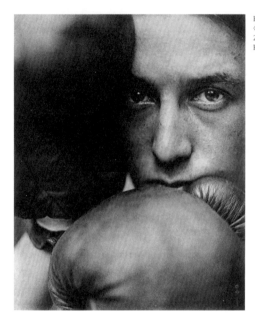

Pierre Dubreuil
〈The First Round〉, 1932
24.5×19.9cm
Photograph, Oil Print

피에르 뒤브레이유(1872~1944)

모더니스트 사진가의 선구자로, 프랑스 릴의 부유한 상인 집안에서 태어났습니다. 클로
즈업과 평범하지 않은 앵글을 통해 두드러지는 빛과 그림자의 패턴, 강한 톤의 대비, 왜
곡된 크기와 원근감을 갖는 일상 풍경, 생활용품들을 사진에 담아 회화적 사진을 구현
했습니다. 한때 파리를 떠나 브뤼셀에서 활동했는데, 그의 작품은 그가 사망한 뒤 묻혔
다가 40년 뒤에 발견되어 다시 주목받고 있습니다.

떨지 마, 무서울 것 없어.
세상의 모든 소리가 사라지고
오로지 내 안의 속삭임만이 나를 지킵니다.
떨지 마, 무서울 것 없어.
주문처럼 되풀이되는 속삭임을 입 안에 깨문 채
한 걸음씩 앞으로 나아가지만
'파르르' 떠오르는 순간의 두려움이 멈칫 발목을 붙잡습니다.

걱정 마, 이제 한 걸음만 더
이제 두 팔만 뻗으면 닿을 수 있어.
오랫동안 꿈꿔 온 세상의 문 앞에 서 있으니까.
내 안의 나를 달래며, 내 안의 두려움을 숨기며
이제 곧 눈 앞에 펼쳐질 새로운 세계를 그리며….

두려워서 떠는 게 아냐, 무서워서 멈춘 게 아냐.
저 너머의 세상, 그 신세계에 들어서게 되는 순간의 설레임.
그래, 아마 그것 때문일 겁니다.
떨리는 눈동자,
그 흔들림을 다잡으려는 입매,
이 세상 절대 놓칠 수 없다는 다짐으로
글러브 속에 움켜쥔 주먹….
그 누구의 생에서도 단 한 번뿐인 그 떨리는 순간.

몸단장

Eva Gonzales
⟨La Toilette⟩
64.1×46.4cm
Oil on Canvas

에바 곤잘레스(1849~1883)

프랑스 파리에서 프랑스 문인협회장인 아버지와 음악에 조예가 깊은 어머니 사이에서
태어났으며 마네의 모델이고 친구이자 유일한 제자였습니다. 마네처럼 인상주의 화가들
의 전시에 참여하지는 않았지만 그림은 인상주의 화풍에 가까웠으며 마네의 강한 영향
력 아래에서도 자신만의 스타일을 발전시켰습니다. 마네의 친구이자 화가인 앙리 게라
르와 결혼한 후에도 남편과 여동생을 모델 삼아 작업을 계속했지만 서른네 살에 아이를
낳다 숨을 거두었습니다.

나는 고요한 이 시간이 좋습니다.
아무에게도 방해받지 않는 이 시간.
옷장 속 드레스를 한 벌씩 몸에 대보고
공 들여 머리를 매만지면서
흐트러진 내 마음을, 조각난 내 상처를 보듬어 봅니다.
오래오래 이 시간 속에 머물고 싶어요.
거울에 비친 내 모습을 오래도록 바라볼 수 있는 시간.
살짝 스치는 표정 하나 놓치지 않고
그 안에 담긴 내 진짜 모습을 마주할 수 있는 시간.
내 눈을 가리고 있던 꾸며진 표정들을 하나씩 걷어내고
황폐해진 마음 풍경에 온기를 불어넣습니다.
그늘 속에 웅크리고 앉은 나를 찾아내 조용히 말을 걸어봅니다.
오로지 나만이 건넬 수 있는 구원의 손길.
상처 입은 마음을 쓰다듬고,
헐벗은 영혼에 옷을 입히고,
앙다문 입을 열어 소리내게 하는….
그렇게 나를 일으켜 세워 마음으로 웃음지을 수 있게 되면
성장을 한 내 모습이 거울 앞에 그려집니다.
이제 세상에 나아갈 수 있는 때,
내가 아닌 다른 누군가를 위해
따스한 웃음과 손길을 내밀 수 있는 때.

스트로모브카 공원의
정원 레스토랑

Antonín Slavíček
〈Garden Restaurant in Stromovka Park〉, 1907
18.7×24cm
Oil on Plywood

안토닌 슬라비체크(1870~1910)

체코 인상주의를 이끌고 체코에 근대적 미술학교의 토대를 만든 화가로, 프라하에서 태어나 그래픽아트 아카데미에서 공부한 뒤 파리와 브뤼셀에 머물며 인상주의를 받아들였습니다. 병에 걸린 아내를 위해 두브로브니크를 여행하다 오른팔을 다쳤고 얼마 후 뇌졸중으로 쓰러져 오랜 회복기를 거친 끝에 왼손으로 그림 그리기를 시도했지만 실패하자 서른아홉 살에 자살로 생을 마감했습니다.

우리 다시 만날 때는
푸른 바람 불어오는 곳에서 보기로 해요.

초록이 깊어가던 어느 봄날,
따뜻한 햇살과 살랑거리는 봄바람에 사람들은 마음을 빼앗기지요.
평소보다 조금 높은 목소리로,
평소보다 조금 과장된 웃음으로,
나무 그늘 아래 앉아 즐거운 이야기들을
뭉게뭉게 구름처럼 피워내잖아요.
이야기 속에 파묻혀 있으면 저절로 행복한 기분이 드는 곳.
크게 숨을 들이키면 푸른 바람이 가슴 속을 가득 채우는 곳.
특별히 노력하지 않아도 일상의 고단한 때가 벗겨지고
애써 떠올리려 하지 않아도 반짝, 잊었던 꿈이 되살아나는 곳.
그곳에서 우리 서로 기다리기로 해요.

우리 다시 만날 때는
너는 나에게 나는 너에게 푸른 바람이 되어주기로 해요.
언제나 서로 나무그늘이 되어 뜨거운 햇빛을 가려주고
여유로운 차 한 잔을 건네며 휴식 같은 사람이 되어주기로.
나무 그늘 아래를 오가는 푸른 바람에
나는 너에게 너는 나에게 전하고 싶은 마음을 실어주기로.

당신은 쓸모없어진 별로 무엇을 하나요?
나는 서둘러 세상에 눈을 뿌릴
구름을 만듭니다.

Harrison Emma Florence
⟨What Do You Do There Blowing up in the Starry Waste?
I Set the Clouds A-Snowing over the World in Haste⟩, 1912
22.86×15.24cm
Pen Ink and Watercolor

해리슨 엠마 플로렌스(1887?~1937?)

50년 가까이 삽화가로 활동한 영국 작가로, 태어나고 죽은 때를 비롯해 사적인 삶에 대해 알려진 것이 거의 없습니다. 런던에 살면서 로열 미술 아카데미의 전시에 참여하는 등 처음에는 화가로 활동했으나 1905년부터 삽화가로서의 경력을 시작, 영국 아르누보와 라파엘전파 스타일을 선보였으며 언어의 마술사라 불린 앨프리드 로드 테니슨, 크리스티나 로세티, 훗날 디자이너로 유명해진 윌리엄 모리스의 시에 삽화를 담당했습니다.

'너무 슬퍼하지 말아요. 당신을 지켜볼 수 있어 행복했어요.'

밤하늘을 밝히던 별 하나,
행복했단 말 한 마디.
반짝, 마지막 빛을 세상에 뿜고 스러집니다.

'안녕! 귀여운 내 친구. 머지않아 다시 볼 날이 있을 거야. 잘 가렴.'

푸른 옷을 입은 밤의 요정이 작별인사를 합니다.
별빛에 위로를 얻은 이들이 모두 편히 잠든 밤.
그렇게 고요한 밤하늘에 별이 집니다.
부드러운 손길로, 빛 잃은 별들을 어루만지다
밤의 요정은 서둘러 일할 준비를 합니다.
빛을 잃은 별들이 밤하늘의 외톨이가 되어 길을 잃고 떠돌기 전에.

'당신은 쓸모없어진 별로 무엇을 하나요?'
'나는 서둘러 세상에 눈을 뿌릴 구름을 만듭니다.'

하나 둘, 밤하늘에 별들이 내립니다.
반짝, 하얀 빛을 내며 지상으로 지상으로 별들이 내립니다.
울다 지쳐 잠이 든 당신의 머리맡에,
외로움에 웅크린 채 잠이 든 당신 곁에,
내일은 오늘보다 행복하기를 기원한 당신의 꿈속에도
하얀 별들이, 반짝이는 눈송이들이 내리기 시작합니다.
모두 잠든 깊은 밤, 밤하늘의 별들이 지상에 내려 흰 꽃으로 피어납니다.

발레 다오스타의 산 풍경

Lorenzo Delleani
〈Mountain Landscape, Valle d' Aosta〉, 1903
34×44cm
Oil on Cardboard

로렌초 델리아니(1840~1908)

이탈리아 북서부 피에몬테주의 비엘라 지역에서 태어났으며 초기에는 역사화를 그리다
가 당시 이탈리아에 일어난 '진실주의'라는 의미의 베리스모 운동의 영향을 받아 좀 더
자연스러운 표현에 힘썼습니다. 현대화된 표현에 관심을 갖고 빛과 계절에 따라 변하
는 산 풍경을 밝은 색채로 담아냈으며 파리 살롱은 물론, 베니스 비엔날레·뮌헨 만국
박람회 등에 참여하며 국제적으로 이름을 알렸습니다.

나를 둘러싼 새하얀 설산의 풍경이 내 마음을 씻어줍니다.
복잡한 세상사에 익숙한 꺼칠해진 눈을
낯선 풍경 속 어디에 두어야 할 지 몰라 두리번거립니다.
끝없이 이어진 길 위에 서서
예전과는 아주 다른 방향으로 발걸음을 옮깁니다.
한 걸음 뒤, 또 한 걸음 뒤에 바라보는 풍경은
지금과는 또 다른 것이겠지요.
그러고 보니 예전에 걷던 그 길 위의 풍경은 기억조차 없습니다.
아니, 내가 고개를 돌려
풍경을 바라본 적이 있던가…, 기억나지 않습니다.
조금만 더 가면 닿을 것처럼 나를 유혹하는 것들에 속아
주변을 돌아볼 여유조차 없었습니다.
지금 서 있는 이 길은 끝이 없습니다.
저 멀리 보이는 새하얀 설산의 풍경들은
내가 걸어온 만큼 더 뒤로 물러선 것처럼 멀기만 합니다.
언제 저 곳에 닿을 수 있을까 알 수 없지만
예전처럼 불안하거나 막막하지는 않습니다.
지금 내가 서 있는 이 길이
저 하얗게 빛나는 산들과 이어져 있음을 의심하지 않습니다.
한 걸음 한 걸음 저 곳까지 걷고 또 걸으면
내 마음도 저렇게 깨끗해질 수 있을까….
문득 끼어드는 욕심을 안고 느릿느릿 걸음을 옮겨봅니다.

치명적인 여인들

Gerda Wegener
⟨Les Femmes Fatales⟩, 1933
110.5×119.4cm
Oil on Canvas

게르다 베게너(1889~1940)

덴마크 그레노 인근의 전형적인 시골에서 사제의 딸로 태어나, 코펜하겐 로열 아카데미에서 그림을 공부한 후 동료 화가 아이너 베게너와 결혼, 파리에서 보그를 비롯한 많은 잡지의 삽화가로 큰 성공을 거뒀습니다. 남편 아이너 베게너를 '릴리'라는 여성으로 변장시켜 모델로 삼곤 했는데, 그는 결국 유명 인사 가운데 최초로 성전환수술을 해 릴리 엘베가 됐고, 덴마크 국왕은 이들의 결혼을 무효로 선포하는 등 소동을 일으켰습니다.

당신을 알게 돼도 괜찮을까요, 당신에게 내 마음을 열어도.
처음 본 순간부터 눈길을 돌릴 수 없게 만든 당신.
멀리 있어도 바람결에 실려 오는 알싸한 향기가
당신을 벗어날 수 없게 합니다.
당신에게서 멀어지려 발걸음을 옮기면
어느새 다가와 귓가에서 속삭이고 있는 그대.
한 발자국 다가서면
어느새 내 손이 닿지 않는 곳을 향해
뒷모습을 보이며 걷고 있는 당신.

당신을 알 수 있을까요, 언제나 당신을 어려워하는 어리숙한 내가.
팔색조처럼 다른 모습을 드러내며
조용히 내 마음을 두드리는 당신.
매일 만나도 당신은
내 곁인 듯 아닌 듯, 내 사람인 듯 아닌 듯
나를 꿈꾸게 합니다.
나를 부르는 목소리에 돌아보면
새침하게 먼 곳을 바라보고 아닌 척 뒤돌아서는 당신.
나는 당신을 떠나지 못할 것을 깨닫습니다.
당신을 알고 싶은 열병 같은 마음은
어쩌면 영영 채워지지 않을 지도 모른다, 나를 달랩니다.
그저 당신의 향기를 맡는 것만으로도 나는 행복할 테니.

방문

Abram Arkhipov
⟨Visit⟩, 1915
105×154cm
Oil on Canvas

아브람 아르크니포프(1862~1930)

러시아 사실주의 화가로, 모스크바 동남쪽 라쟌주의 독실한 러시아정교회 가정에서 태어났습니다. 열다섯 살에 모스크바 미술학교에 입학, 여러 방면의 예술가들로부터 지도를 받았으며 이어 상트페테르부르크 로열 아카데미에서 공부했고 러시아 예술가동맹의 일원이 됩니다. 주로 일상의 리얼리티가 담겨있는 러시아 여성들의 삶과 전통의상을 입은 시골여성을 화폭에 담았으며 이를 위해 러시아 곳곳을 여행했고 모교에서 교편을 잡기도 했습니다.

그이가 와요.
약속을 잊지 않고 그이가, 여기로.
그이를 맞으려고 마을은 소리 없이 바빠지고
설레는 가슴으로
삼삼오오 모여 앉은 마을 여인들에게선
이야기꽃이 만발합니다.
아름답게 단장한 여인들 사이로 달콤한 향내가 퍼지고
여인들은 한 걸음 한 걸음 다가오고 있을 그이를 떠올리며
행복한 백일몽에 젖어듭니다.

그이는 어떤 모습일까.
그이를 만나면 어떤 말을 해야 할까.
그이에 대해 아는 것 하나 없지만,
그이의 마음 감히 짐작할 수 없지만
언제나처럼 환한 미소로 우릴 반겨줄 겁니다.

저어기 언덕 너머에, 저어기 동구 밖에서
마을을 향해 성큼성큼 발걸음을 내딛는 그이가 옵니다.
괴롭고 힘든 일 모두 잊게 하고,
주저앉은 사람을 일으키고,
축 처진 어깨에 힘을 불어넣는 그이가.
언제나 '내일'이란 선물을 안겨주는 그이가.
이제 막 당신의 문 앞에 서서 '똑똑',
당신이 문을 열기만을 기다립니다.

가을의 깊은 숲

John Joseph Enneking
〈Deep Woods in Fall〉
99.06×127cm
Oil on Canvas

존 조셉 이네킹 (1841~1916)

미국 오하이오주 민스터에서 태어나 열여섯 살에 고아가 되어 집을 떠났습니다. 신시내
티에 있는 마운트 세인트 메리 학교에서 그림공부를 하다 남북전쟁에 징용되었고 부상
으로 제대해 공부를 계속했습니다. 석판화 작업을 하면서 시력이 약해지자 그림을 포기
하고 양철사업을 시작했는데 큰 성공을 거둬 결혼도 하고 아내의 권유로 다시 붓을 잡
았습니다. 독일·프랑스·네덜란드 등을 거쳐 보스턴에 작업실을 열었으며 봄의 여명이
나 늦가을·겨울의 황혼녘 숲 풍경을 담은 작품들로 많은 인기를 얻었습니다.

당신의 선물, 잘 받았습니다.
앙상한 나뭇가지 사이로 스며든 햇살이
차가워진 코끝을 녹입니다.
나도 모르게 손가락으로 코끝을 어루만지며
당신의 따사로운 마음을 생각합니다.
쉬이 떠나지 못하고 머물며
스러져가는 온기를 남김없이 전하려는
당신의 애틋한 마음을 떠올립니다.

바람이 차갑던 오늘 하루,
당신을 닮은 햇살이 내려와
바람이 스쳐가는 살갗 위를
종일 매만져 주었습니다.
당신이 남기고 간 온기 덕분에
이 싸늘한 가을밤도
떨지 않고 보낼 수 있을 겁니다.

떠나기 아쉬워하던 당신이
그리움으로 물들이고 간 숲을
이제 나홀로 거닙니다.
붉은 노을 위에 음, 음, 음, 음,
우리가 함께하던 콧노래를 실어
떠나는 당신에게 내 마음을 전합니다.
서둘러 떠오른 저녁별 하나,
당신의 인사라고 여기겠습니다.

창가의 소녀

Robert Lewis Reid
⟨Girl at the Window⟩, 1885
40.64×33.66cm
Oil on Canvas

로버트 레이드(1862~1929)

미국 매사추세츠주의 스톡브리지에서 태어나, 보스턴 미술관 학교와 뉴욕 아트 스튜던츠 리그에서 공부했습니다. 스물세 살이던 1885년 파리 줄리앙 아카데미를 다니기 시작하면서 밝은 색조의 인상주의 그림에 깊은 감명을 받아 인상주의 화풍을 띠게 됐습니다. 4년 뒤 미국으로 돌아와 초상화가로 일하면서 대학에서 학생들을 가르쳤고 10인회·미국 화가협회·국립 디자인 아카데미 회원으로 활동했습니다. 꽃과 여인·야외활동을 하는 젊은 여성들의 모습을 즐겨 그렸습니다.

창밖으로 지난 시간들이 흘러갑니다.
선명하던 풍경이 조금씩 흐려지고
먼 기억 속에 잠자던 풍경 하나 깨어나
창밖에 펼쳐집니다.

아, 저기.
앞뜰 나무 아래에 당신이 서 있습니다.
당신을 향해 걸어가는
내 모습도 보입니다.
당신을 만나, 당신 곁에 서서
나란히 걷던 되돌리고픈 그 시간이
창밖에 되살아납니다.

당신이 보고파서
지난 시간이 그리워서
난 오늘도 창가를 떠나지 못합니다.
창문을 열어 손 내밀면
당신이 내 손을 잡아줄 것 같아서
시든 꽃도 버리지 못하고
내내 창가를 서성입니다.

저 먼 하늘 끝 어딘가에 있을 당신.
당신 역시 나처럼 맑은 창을 마주하고 있나요.
우리 두 사람의 그리움 가득한 시선이
그렇게 맞닿는 순간도 있지 않을까요.

수확하는 농부와 그의 아들

Thomas Pollok Anshutz
⟨The Farmer and His Son at Harvesting⟩, 1879
61.6×43.82cm
Oil on Canvas

토마스 안슈츠(1851~1912)

화가이자 교육자로 미국 켄터키주 뉴포트에서 태어나 뉴욕 국립 디자인 아카데미에서 공부했습니다. 필라델피아 스케치 클럽에서 만난 토마스 엣킨스와의 인연으로 스물다섯 살에 펜실베니아 미술 아카데미에서 강의를 시작했고 동시에 학생으로 입학했습니다. 마흔 살이 넘어 결혼한 후 신혼여행 차 파리로 떠나 줄리앙 아카데미를 참관하고 돌아왔으며 모교인 펜실베니아 미술 아카데미에서 조지 룩스·존 슬로얀·찰스 더무스·윌리엄 글래큰스·로버트 헨리 등 많은 후학들을 길러냈습니다.

하늘은 높아지고, 푸르름이 깊어갑니다.
땅에서 올라와 머물던 푸른 기운이
조금씩 창공을 향해 오르는 탓이겠지요.
뜨거운 여름 햇살 아래 열매가 익어가고
어느덧 수확의 계절이 다가옵니다.

마지막 남은 이 땅의 푸른 기운을
가슴 깊이 들이마셔 봅니다.
머지않아 저 산정의 푸른 자리엔
형형색색의 빛이 깃들고
머지않아 낙엽들이 뒹구는 계절이 다가오겠지요.
자연의 선물을 차곡차곡 오두막에 쌓으면서
잠시 허리를 펴고
아름답게 물든 산 빛을 바라보게 될 겁니다.

소년은 그 안에서 한 뼘씩 자라
붉은 뺨이 구릿빛으로 물들 무렵이면
아버지와 나란히 서서
저 산정을 바라보게 되겠지요.
땅의 기운을 먹고 자란 대지의 아들이 되어
이 계곡의 빛나는 순간들을 마음속에 새겨놓을 겁니다.
자연에게서 받은 신의 선물.
자연의 선택을 받은 사람이 누리는 축복을
소년은 조금씩 알아가게 될 겁니다.

해변에서

Frederick Morgan
⟨On the Beach⟩
76.2×62.2cm
Oil on Canvas

프레더릭 모건(1847~1927)

영국 런던에서 태어나 열네 살에 학교를 그만두고 풍속화가인 아버지로부터 본격적인
그림 수업을 받았고 2년 뒤 그의 첫 작품이 로열 아카데미에 전시됐습니다. 이후 몇 년간
한 사진가와 함께 초상화 그리는 일을 하면서 대상을 세밀하게 관찰하고 특징을 찾아내
는 법을 터득했습니다. 그 뒤로는 일상의 소박한 풍경들을 화폭에 담으면서 큰 인기를
얻었는데 특히 천진난만한 아이들의 모습을 묘사하는데 뛰어난 재능을 보였습니다.

그때를 떠올리면
웃음소리가 파도처럼 밀려오곤 합니다.
맨발로 달음질해 나간 만큼,
딱 그만큼이 내 세상의 전부였던 그때.
사는 동안 그만큼이면 충분했을 텐데
내가 너무 넓은 세상으로 나와버린 건 아닐까
스스로에게 묻곤 합니다.
팔만 뻗으면 서로의 체온을 느낄 수 있었던 그때.
두 사람이면 세상 무서울 것 하나 없는데
인파를 헤치면서 누굴 찾아다닌 걸까,
내 안의 나에게 묻곤 합니다.

나는 어쩌면 내 행복을
그곳에 두고 온 것 같습니다.
지금은 아무도 찾지 않을 쓸쓸한 바닷가.
주인을 잃은 내 행복은
부서진 조가비처럼 파도에 쓸려
이리저리 외롭게 구르고 있겠지요.
가만히 귀 대어 보면 들려올
어린 시절의 그 행복한 웃음소리를 품은 채
쓸쓸히 바닷가를 거닐고 있겠지요.
허공에 이는 바람에
짭조름한 바닷내가 실려와
메말라가는 마음을 톡톡톡 두드립니다.

크레이그를 마주한 탐

Newell Convers Wyeth
⟨Tam On The Craig Face⟩, 1924
86.4×63.5cm
Oil on Canvas

N. C. 와이어스(1882~1945)

미국 매사추세츠주 니덤에서 태어난 화가이자 삽화가입니다. 어머니가 헨리 데이빗 소로·위즈위스 롱펠로와 친분이 있어 어려서부터 문학적인 경험을 쌓았고 형제들과 사냥·낚시 같은 야외활동을 즐기며 움직임을 관찰하고 그리는 훈련을 했습니다. 매사추세츠 예술학교에 재학 중 삽화가의 길을 권유받았으며 로버트 루이스 스티븐슨의 소설 《보물섬》 시리즈로 큰 성공을 거두었습니다. 3천 점이 넘는 일러스트와 벽화·일상과 풍경을 담은 그림들을 남겼으며, 그의 아들과 손자까지 화가로 활동했습니다.

거센 바닷바람이 내 몸을 흔들고 지나갑니다.
잠시 눈을 감고 숨을 고르며
균형을 잃지 않기 위해 애를 씁니다.
외줄에 몸을 의지한 채 올라야 하는 삶의 가파른 암벽길.
힘들다고 제자리에 멈출 수도 물러설 수도 없습니다.

석양에 물들어 가는 하늘 아래
문득 혼자라는 외로움이
훅 끼쳐올 때면
물새들이 큰 날개를 펼쳐 응원해줍니다.
때로 보이지 않는 내일에 대한 불안감이
눈앞의 험한 바위산보다
더 높은 장벽이 되어 앞을 가로막고,
아득해지는 내 안에 파고드는 정적을
처얼썩 처얼썩 파도가 깨워줍니다.

어느 순간, 파도에 실려 오는 희미한 노랫소리.
물새가, 파도가, 저마다의 암벽에 매달린 누구누구의 노래가
어느새 합창이 되어 나를 일으켜 세웁니다.
보이진 않아도 느낄 수 있는,
마음 울리는 그 노래를 따라 부르면서
외줄을 잡은 양손에 힘을 줍니다.
혼자가 아니라고 서로를 일깨우면서
우린 조금씩 강해져 가는 지도 모릅니다.

해먹

Giovanni Boldini
⟨The Hammock⟩, 1872~1874년 경
14×18.4cm
Oil on Panel

지오반니 볼디니(1842~1931)

이탈리아 페라라에서 종교화가의 아들로 태어나 스무 살에 피렌체로 건너갔습니다. 거기서 만난 '마키아학파'의 사실주의 화가들의 영향으로 흐르는 듯한 자연스러운 붓터치를 갖게 됐고, 풍경화는 물론 초상화에서도 이런 특징을 잘 드러냈습니다. 런던을 거쳐 1872년 파리에 정착해 에드가 드가와 친분을 맺었고, 19세기 후반 파리 상류층 사교계 여성들을 그린 화려한 초상화로 큰 명성과 부를 얻었습니다. 더불어 파리지앵들의 삶의 풍경들도 많이 남겼으며, 고향인 페라라에는 그를 기리는 박물관이 있습니다.

꽃같이 잠든 당신.

달콤한 꿈속을 거니는 당신.

작은 새처럼 가녀린 숨을 내쉴 때마다

나무 이파리들이 미세하게 몸을 떱니다.

아무도 모르게 숨겨둔 비밀의 화원.

세상 어디에서도 만날 수 없는 아늑함이

향긋한 꿈속으로 안내합니다.

부드러운 바람 위에 가볍게 손을 얹고

당신은 말없는 미소로 그 뒤를 따릅니다.

나는 당신이 잠들 때까지

요람 속 아이 같은 순수함이 깃들 때까지

조심조심 몸을 흔듭니다.

나무 이파리를 통과해 스며든 엷은 빛이

당신의 발그레한 뺨을 빛냅니다.

당신은 어릴 적 그네를 타듯 흔들흔들 내 마음을 흔듭니다.

출렁이는 내 감정의 파도를 아는지 모르는지

당신은 추억을 더듬는 미소만 띄웁니다.

당신의 숨소리가 잦아들고 한 잎 두 잎 꽃잎이 집니다.

깊은 잠의 향기로운 이불이 되어 당신을 다독입니다.

당신이 있어 행복한 비밀의 화원.

잠든 당신이 깨어날까 조심스레 숨죽인 숲 속의 오후.

프랑스풍의 창

Adolph Friedrich Erdmann von Menzel
⟨The French Window⟩, 1845
58×47cm
Oil on Canvas

아돌프 멘첼(1815~1905)

지금은 폴란드 땅이 된 브레슬라우에서 태어나 베를린을 중심으로 활동한 화가입니다. 석판공이던 아버지의 영향으로 공방에서 일하면서 판화가·삽화가로 미술계에 발을 들인 후 베를린 미술 아카데미에서 기초를 쌓고 독학으로 작품세계를 넓혀 다양한 장르의 그림을 그렸습니다. 특히 광선의 미묘한 뉘앙스를 포착해 그린 그의 풍경화들은 인상파의 선구가 되었고, 비스마르크와 윌리엄 1세가 그의 작품을 높이 평가했으며, 카스파르 데이비드 프리드리히와 함께 19세기 가장 유명한 독일화가로 꼽힙니다.

당신의 숨결, 당신의 온기가 느껴집니다.
창밖에서 손짓하는 봄을 따라 떠나셨나요?
방 안 가득 불어오는 봄바람에 당신의 향기가 배어 있습니다.

당신이 들려주던 세상 이야기들이 모두 여기서 시작됐군요.
이렇게 창가에 앉아
눈에 들어오는 풍경들을 내게 이야기해 주었지요.
오늘은 날이 맑다고
건너 집 창가에 꽃이 피었다고
빗물이 들이쳐 커튼이 젖었다고
유리창을 두드리는 빗소리가 음악 같다고.

당신의 생기 넘치는 목소리에 묻어나던 따스함 그대로입니다.
공기가 되어, 햇살 부서진 가루가 되어 방 안을 둥둥 떠다녀
비우고 간 방에서도 당신이 느껴집니다.
나를 바라보던 눈빛이, 내게 속삭이던 목소리가
왜 이제 왔느냐고 나를 다그칩니다.
이렇게 당신이 느껴지는데, 이렇게 당신이 들리는데
당신이 떠난 걸 믿어야 하나요.

당신이 앉았던 자리는 내 것이 되었습니다.
커튼 사이로 당신의 눈길이 머물던 풍경들을 쓰다듬으며
이제 내가 기다림의 주인공이 되겠습니다.
당신, 그저 봄 맞은 공원에 산책을 나간 거겠지요.
당신 흔적이 가득한 이곳, 당신이 느껴지는 이곳에서
내가 기다리고 있음을 잊지 마세요.

우리, 전쟁

Edward Okuń
〈The War and Us〉, 1923
88×111cm
Oil on Canvas

에드바르드 오쿤(1872~1945)

폴란드 바르샤바의 귀족 집안에서 태어났으나 어려서 고아가 되어 외조부모 아래서 자랐습니다. 바르샤바 드로잉 학교와 얀 마테이코 미술 아카데미를 나와 뮌헨과 파리에서 공부를 계속한 후 20년간 로마에 살면서 유럽 곳곳을 여행했고 로마의 폴란드 예술가 모임에서 활동하다 마흔아홉 살에 귀국해 바르샤바에 정착했습니다. 4년 뒤 미술학교 교수·폴란드 예술가협회 회원이 됐고, 풍경화와 초상화는 물론 뮌헨의 미술잡지 〈유겐트〉를 포함한 여러 잡지의 표지 디자인과 삽화 작업을 했습니다.

상처를 안고 고통을 참으며 우리는 걷습니다.
무시무시한 싸움 속에서도
우리는, 너는, 나는 함께였기에 두렵지 않습니다.
네 상처에 흐르는 뜨거운 피를 내 셔츠로 감싸며
너는, 나는, 우리는 함께했습니다.
멈출 수 없다는 것을 알기에
그만 둘 수 없다는 것을 알기에
상처와 고통을 서로의 품에 안아 나누며 우리는 걷습니다.
호시탐탐 우리를 향해 달려드는 저 푸른 용들의 몸부림.
우릴 갈라놓으려는 유혹의 눈초리가 매섭습니다.
묵묵히 걷습니다.
한 발 한 발 주어진 외길을 따라
한눈을 팔지 않은 채 헐벗은 맨발을 내밉니다.
바라봅니다.
미소조차 어딘가에 흘러버린 텅 빈 얼굴로
묵묵히 걷는 너를 나는 바라봅니다.
지친 표정 속의 너, 그 안에는 나도 있습니다.
내 상처 입은 팔목을 쥔 너의 따스한 손길에도
네 안에 자리 잡은 내가 느껴집니다.
우리는, 우리 모두는 상처 입었습니다.
흰 꽃이 붉은 피에 물들고, 미소도 잃었지만
서늘한 푸른 이 길을 우리는 다시 걸어갑니다.
잃어버린 것을 다시 찾으려면 시간이 필요한 법.
피가 멈추고 상처가 아물면 우리는
우리 안의 뜨거운 심장으로 저들을 물리칠 겁니다.

포푸리

Herbert James Draper
〈Pot Pourri〉, 1897
51×68.5cm
Oil on Canvas

허버트 드레이퍼(1863~1920)

빅토리아 시대의 영국 화가로, 런던에서 태어나 세인트존스우드 예술학교와 로열 아카
데미에서 공부했고 학창시절 장학생으로 뽑혀 스페인·이탈리아·프랑스 등을 여행했습
니다. 그 후 런던에 정착해 일러스트레이터·초상화가로 활동했습니다. 고대 그리스의
신화나 역사를 주제로 다룬 신고전주의 화가로 여러 작품을 신보이며 유명세를 누렸으
나 세상을 떠난 뒤로는 조금씩 잊히고 있습니다.

햇살 가득한 봄, 정원 가득 장미를 심었습니다.
핏빛보다 더 붉은 열정과
눈보다 더 하얀 순결과
소녀의 두 뺨처럼 발그레한 분홍빛 설렘.
뜨거운 햇살 아래 탐스럽게 피어난 장미꽃송이들을
조심스레 거두면서 꽃송이들이 뿜어내는 향기에 아찔해집니다.

내 사랑의 향기는 어떤 것일까, 생각해봤어요.
코끝을 스치고 지나간 뒤에야
'무엇일까…', 문득 뒤돌아보게 하는 은은한 사랑.
강렬하지도 날카롭지도 못한 내 사랑은 눈에 띄지 않습니다.
그 사랑 때문에 사랑을 떠나보내고,
그 사랑 때문에 마음 아프고,
그 사랑 때문에 홀로 눈물 흘리지만, 내 사랑은 바로 그런 것.
장미 꽃잎을 한 장 한 장 일일이 떼어 꽃 기름 위에 띄우고
당신을 그리워하면서도 그리는 마음을 숨긴 채
오랜 시간, 향기를 배게 하는 그런 사랑입니다.

그대, 내 사랑의 향기가 궁금하다면
저 너른 정원을 한 걸음 한 걸음 천천히 걸어오세요.
내 숨은 사랑을 찾아내고 싶다면
스쳐간 바람의 끝자락을 다시 한 번 돌아보세요.
수줍게 다가가는 내 사랑의 향기를
당신만은 보듬을 수 있을 겁니다.

고독

Albert Lorieux
〈Solitude〉, 1898년 경
100×80.5cm
Oil on Canvas

알베르 로리에(1862~?)

프랑스 파리에서 태어난 화가로 많은 것이 베일에 싸여 있습니다. 가스통 라 투셰의 제자이며 19세기 후반의 불안한 정세 속에서 시간을 초월한 고요와 정적·고독을 드러내는 주제를 세밀한 붓놀림으로 표현한 상징주의 화가입니다. 1909년 프랑스 화가살롱에서 열린 전시회에서 메달을 수상했습니다.

마법에 걸린 시간 속을 나는 걸었습니다.
시간의 깊은 우물에 빠진 듯 멈춰버린
내 마음의 여울진 풍경 하나.
희미한 햇살이 나를 비칠 때,
약속이나 한 듯 불어오는 바람.
붉게 노랗게 물든 이파리들이
바람에 날리기 시작해
이내 햇살·바람과 뒤섞여 나를 휘감아 돕니다.
빙, 빙, 빙, 빙
아름다움에 숨이 막혀 현기증이 날 무렵,
나는 멈춰버린 시간 속에 빠져있다는 걸 알았습니다.
아무도 없고, 아무리 소리쳐도 들리지 않는 그곳.
텅 비어있지만 가득차 있는 신비로운 세계.
나는 천천히 두 발을 끌며 낯선 세계를 떠돌고 있습니다.
한 자락 두려움이 나를 덮쳐도
한 줄기 외로움이 나를 스쳐도
홀로 누리는 아름다운 풍경에 내 마음을 모두 내주고
영원히 오지 않을지 모를 내일 앞에서 낯선 땅을 떠돕니다.
어쩌면 아주 오래 전부터 나는 이곳에 서 있던 게 아닐까.
아주 오래 전부터 나는 이곳을 떠돌고 있던 게 아닐까.
물음에 답해 줄 이 하나 없는 그곳에서
아름다운 풍경에 마음 빼앗긴 한 사람이
고독한 미소를 지으며 오늘도 걷고 있습니다.

그리워하기 좋은 거리

첫판 1쇄 펴낸날 2017년 9월 15일

지은이 | 박나경
펴낸이 | 박남희

종이·인쇄·제본 | (주)더나이스

펴낸곳 | 소네트
출판등록 | 2011년 4월 25일 제2015-000058호
주소 | 서울시 마포구 토정로 135 (상수동) M빌딩
전화 | (02)2676-7117 팩스 | (02)2676-5261
전자우편 | geist6@hanmail.net

ISBN 979-11-85271-51-4 03810

* 책값은 뒤표지에 있습니다.